魯迅作品精選 4

野草

經典新版

魯迅——著

萬家墨面沒蒿萊，
敢有歌吟動地哀；
心事浩茫連廣宇，
於無聲處聽驚雷。

魯迅

出版小引

還原歷史的真貌——讓魯迅作品自己說話

陳曉林

中國自有新文學以來，魯迅當然是引起最多爭議和震撼的作家。但無論是擁護魯迅的人士，或是反對魯迅的人士，至少有一項顯而易見的事實，是受到雙方公認的：魯迅是現代中國最偉大的作家。

時至今日，以魯迅作品為研究題材的論文與專書，早已俯拾皆是，汗牛充棟。全世界以詮釋魯迅的某一作品而獲得博士學位者，也早已不下百餘位之多。而中國大陸靠「核對」或「注解」魯迅作品為生的學界人物，數目上更超過台灣以「研究」孫中山思想為生的人物數倍以上。但遺憾的是，台灣的讀者卻始終無緣全面性地、無偏見地看到魯迅作品的真貌。

事實上，魯迅自始至終是一個文學家、思想家、雜文家，而不是一個翻雲覆雨的政治人物。中國大陸將魯迅捧抬為「時代的舵手」、「青年的導師」，固然是以政治手段扭曲了魯迅作品的真正精神；台灣多年以來視魯迅為「洪水猛獸」、「離經叛道」，不讓魯迅作品堂堂正正出現在讀者眼前，也是割裂歷史真相的笨拙行徑。試想，談現代中國文學，談三十年代作品，而竟獨漏了魯迅這個人和他的著作，豈止是造成半世紀來文學史「斷層」的主因？在明眼人看來，這根本是一個對文學毫無常識的、天大的笑話！

正因爲海峽兩岸基於各自的政治目的，對魯迅作品作了各種各樣的扭曲或割裂；而研究魯迅作品的文人學者又常基於個人一己的好惡，而誇張或抹煞魯迅作品的某些特色，以致魯迅竟成爲近代中國文壇最離奇的「謎」，及最難解的「結」。

其實，若是擱置激情或偏見，平心細看魯迅的作品，任何人都不難發現：一、魯迅是一個真誠的人道主義者，他的作品永遠在關懷和呵護受侮辱、受傷害的苦難大眾。二、魯迅是一個文學才華遠遠超邁同時代水平的作家，就純文學領域而言，他的《吶喊》、《徬徨》、《野草》、《朝花夕拾》，迄今仍是現代中國最夠深度、結構也最爲嚴謹的小說與散文；而他所首創的「魯迅體雜文」，冷風熱血，犀利真摯，抒情析理，兼而有之，亦迄今仍無人可以企及。三、魯迅是最勇於面對時代黑暗與人性黑暗的作家，他對中國民族性的透視，以及對專制勢力的抨擊，沉痛真切，一針見血。四、魯迅是涉及論戰與爭議最多的作家，他與胡適、徐志摩、梁實秋、陳西瀅等人的筆戰，迄今仍是現代文學史上一樁樁引人深思的公案。五、魯迅是永不迴避的歷史見證者，他目擊身歷了清末亂局、辛亥革命、軍閥混戰、黃埔北伐，以及國共分裂、清黨悲劇、日本侵華等一連串中國近代史上掀天揭地的鉅變，秉筆直書，言其所信，孤懷獨往，昂然屹立，他自言「橫眉冷對千夫指，俯首甘爲孺子牛」，可見他的堅毅與孤獨。

現在，到了還原歷史真貌的時候了。隨著海峽兩岸文化交流的展開，再沒有理由讓魯迅作品長期被掩埋在謊言或禁忌之中了。對魯迅這位現代中國最重要的作家而言，還原歷史真貌最簡單、也最有效的方法，就是讓他的作品自己說話。

不要以任何官方的說詞、拼湊的理論，或學者的「研究」來混淆了原本文氣磅礴、光焰萬丈的魯迅作品；而讓魯迅作品如實呈現在每一個人面前，是魯迅的權利，也是每位讀者的權利。

恩怨俱了，塵埃落定。畢竟，只有真正卓越的文學作品是指向永恆的。

題辭①

當我沉默著的時候，我覺得充實；我將開口，同時感到空虛。②

過去的生命已經死亡。我對於這死亡有大歡喜③，因爲我借此知道它曾經存活。死亡的生命已經朽腐。我對於這朽腐有大歡喜，因爲我借此知道它還非空虛。

生命的泥委棄在地面上，不生喬木，只生野草，這是我的罪過。

野草，根本不深，花葉不美，然而吸取露，吸取水，吸取陳死人④的血和肉，個個奪取它的生存。當生存時，還是將遭踐踏，將遭刪刈，直至於死亡而朽腐。

但我坦然，欣然。我將大笑，我將歌唱。

我自愛我的野草，但我憎惡這以野草作裝飾的地面⑤。

地火在地下運行，奔突；熔岩一旦噴出，將燒盡一切野草，以及喬木，於是並且無可朽腐。

但我坦然，欣然。我將大笑，我將歌唱。

天地有如此靜穆，我不能大笑而且歌唱。天地即不如此靜穆，我或者也將不能。我以這一叢野草，在明與暗，生與死，過去與未來之際，獻於友與仇，人與獸，愛者與不愛者之前作證。

爲我自己，爲友與仇，人與獸，愛者與不愛者，我希望這野草的死亡與朽腐，火速到來。要不然，我先就未曾生存，這實在比死亡與朽腐更其不幸。

去罷，野草，連著我的題辭！

一九二七年四月二十六日，魯迅記於廣州之白雲樓⑥上。

注釋

①本篇最初發表於一九二七年七月二日北京《語絲》周刊第一三八期，在本書最初幾次印刷時都曾印入；一九三一年五月上海北新書局印第七版時被國民黨書報檢查機關抽去，一九四一年上海魯迅全集出版社出版《魯迅三十年集》時才重新收入。

本篇作於廣州，當時正值蔣介石發動「四一二」反革命政變和廣州發生「四一五」反革命大屠殺後不久，它反映了作者在險惡環境下的悲憤心情和革命信念。本書所收的二十三篇散文詩，都作於北洋軍閥統治下的北京。作者在一九三二年回憶說：「後來《新青年》的團體散掉了，有的高升，有的退隱，有的前進，我又經驗了一回同一戰陣中的伙伴還是會這麼變化，並且落得一個『作家』的頭銜，依然在沙漠中走來走去，不過已經逃不出在散漫的刊物上做文字，叫作隨便談談。有了小感觸，就寫些短文，誇大點說，就是散文詩，以後印成一本，謂之《野草》。」（《南腔北調集·〈自選集〉自序》）又在一九三四年十月九日致蕭軍信中說：「我的那一本《野草》，技術並不算壞，但心情太頹唐了，因爲那是我碰了許多釘子之後寫出來的。」其中某些篇的文字較隱晦，據作者後來解

釋：「因爲那時難於直說，所以有時措辭就很含糊了。」（《二心集・〈野草〉英文譯本序》）

②一九二七年九月二十三日，作者在《怎麼寫》（作於廣州，後收入《三閒集》）一文中，曾描繪過他的這種心情：「我靠了石欄遠眺，聽得自己的心音，四遠還彷彿有無量悲哀，苦惱，零落，死滅，都雜入這寂靜中，使它變成藥酒，加色，加味，加香。這時，我曾經想要寫，但是不能寫，無從寫。這也就是我所謂『當我沉默著的時候，我覺得充實，我將開口，同時感到空虛』。」

③**大歡喜**　佛家語。指達到目的而感到極度滿足的一種境界。

④**陳死人**　指死去很久的人。見《古詩十九首・驅車上東門》：「驅車上東門，遙望郭北墓。……下有陳死人，杳杳即長暮。……」

⑤**地面**　比喻黑暗的舊社會。作者曾說，《野草》中的作品「大半是廢弛的地獄邊沿的慘白色小花」。（《〈野草〉英文譯本序》）

⑥**白雲樓**　在廣州東堤白雲路。據《魯迅日記》，一九二七年三月二十九日，作者由中山大學「移居白雲路白雲樓二十六號二樓」。

《野草》目次

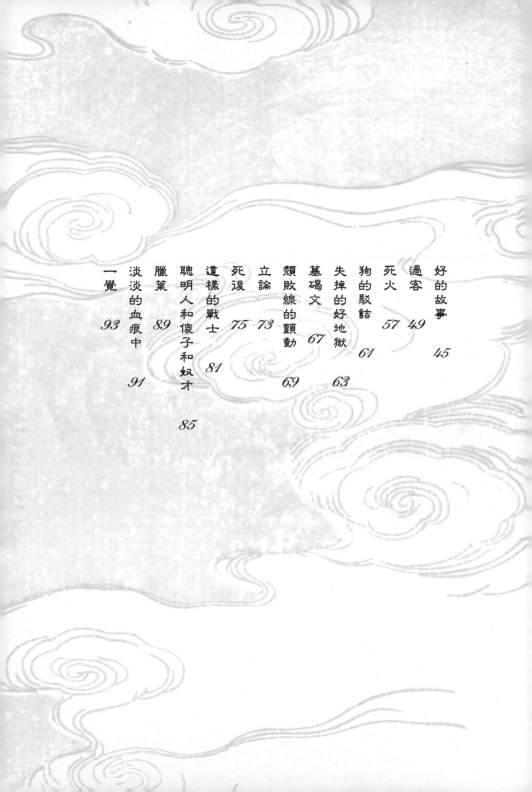

附錄

秋夜①

在我的後園，可以看見牆外有兩株樹，一株是棗樹，還有一株也是棗樹。

這上面的夜的天空，奇怪而高，我生平沒有見過這樣奇怪而高的天空。他彷彿要離開人間而去，使人們仰面不再看見。然而現在卻非常之藍，閃閃地䀹著幾十個星星的眼，冷眼。他的口角上現出微笑，似乎自以爲大有深意，而將繁霜灑在我的園裏的野花草上。

我不知道那些花草真叫什麼名字，人們叫他們什麼名字。我記得有一種開過極細小的粉紅花，現在還開著，但是更極細小了，她在冷的夜氣中，瑟縮地做夢，夢見春的到來，夢見秋的到來，夢見瘦的詩人將眼淚擦在她最末的花瓣上，告訴她秋雖然來，冬雖然來，而此後接著還是春，蝴蝶亂飛，蜜蜂都唱起春詞來了。她於是一笑，雖然顏色凍得紅慘慘地，仍然瑟縮著。

棗樹，他們簡直落盡了葉子。先前，還有一兩個孩子來打他們別人打剩的棗子，現在是一個也不剩了，連葉子也落盡了。他知道小粉紅花的夢，秋後要有春；他也知道落葉的夢，春後還是秋。他簡直落盡葉子，單剩幹子，然而脫了當初滿樹是果實和葉子時候的弧形，欠伸得很舒服。但是，有幾枝還低亞著，護定他從打棗的竿梢所得的皮傷，而最直最長的幾枝，卻已默默地鐵似的直刺著奇怪而高的天空，使天空閃閃地鬼䀹眼；直刺著天空中圓滿的月亮，使月亮窘得發白。

鬼䀹眼的天空越加非常之藍，不安了，彷彿想離去人間，避開棗樹，只將月亮剩下。然而月亮也暗暗地躲到東邊去了。而一無所有的幹子，卻仍然默默地鐵似的直刺著奇怪而高的天空，一意要制他的死命，不管他各式各樣地睞著許多蠱惑的眼睛。

哇的一聲，夜遊的惡鳥飛過了。

我忽而聽到夜半的笑聲，吃吃地，似乎不願意驚動睡著的人，然而四圍的空氣都應和著笑。夜半，沒有別的人，我即刻聽出這聲音就在我嘴裏，我也即刻被這笑聲所驅逐，回進自己的房。燈火的帶子也即刻被我旋高了。

後窗的玻璃上叮叮地響，還有許多小飛蟲亂撞。不多久，幾個進來了，許是從窗紙的破孔進來的。他們一進來，又在玻璃的燈罩上撞得叮叮地響。一個從上面撞進去了，他於是遇到火，而且我以爲這火是真的。兩三個卻休息在燈的紙罩上喘氣。那罩是昨晚新換的罩，雪白的紙，折出波浪紋的疊痕，一角還畫出一枝猩紅色的梔子②。

猩紅的梔子開花時，棗樹又要做小粉紅花的夢，青蔥地彎成弧形了……我又聽到夜半的笑聲；我趕緊砍斷我的心緒，看那老在白紙罩上的小青蟲，頭大尾小，向日葵子似的，只有半粒小麥那麼大，遍身的顏色蒼翠得可愛，可憐。

我打一個呵欠，點起一支紙煙，噴出煙來，對著燈默默地敬奠這些蒼翠精緻的英雄們。

一九二四年九月十五日

注釋

①本篇最初發表於一九二四年十二月一日《語絲》周刊第三期。

②**猩紅色的梔子**　梔子，一種常綠灌木，夏日開花，一般爲白色或淡黃色；紅梔子花是罕見的品種。據《廣群芳譜》卷三十八引《萬花谷》載：「蜀孟昶十月宴芳林園，賞紅梔子花；其花六出而紅，清香如梅。」

影的告別①

人睡到不知道時候的時候，就會有影來告別，說出那些話——

有我所不樂意的在天堂裡，我不願去；有我所不樂意的在地獄裡，我不願去；有我所不樂意的在你們將來的黃金世界裡，我不願去。

然而你就是我所不樂意的。

朋友，我不想跟隨你了，我不願住。

我不願意！

嗚呼嗚呼，我不願意，我不如彷徨於無地。

我不過一個影，要別你而沉沒在黑暗裡了。然而黑暗又會吞併我，然而光明又會使我消失。

然而我不願彷徨於明暗之間，我不如在黑暗裡沉沒。

然而我終於彷徨於明暗之間，我不知道是黃昏還是黎明。我姑且舉灰黑的手裝作喝乾一杯酒，我將在不知道時候的時候獨自遠行。

嗚呼嗚呼，倘若黃昏，黑夜自然會來沉沒我，否則我要被白天消失，如果現是黎明。

朋友，時候近了。

我將向黑暗裡彷徨於無地。

你還想我的贈品。我能獻你甚麼呢？無已，則仍是黑暗和虛空而已。但是，我願意只是黑暗，或者會消失於你的白天；我願意只是虛空，絕不占你的心地。

我願意這樣，朋友——

我獨自遠行，不但沒有你，並且再沒有別的影在黑暗裡。只有我被黑暗沉沒，那世界全屬於我自己。

一九二四年九月二十四日

注釋

①本篇最初發表於一九二四年十二月八日《語絲》周刊第四期。一九二五年三月十八日作者在給許廣平的信中曾說：「我的作品，太黑暗了，因爲我常覺得惟『黑暗與虛無』乃是『實有』，卻偏要向這些作絕望的抗戰，所以很多著偏激的聲音。其實這或者是年齡和經歷的關係，也許未必一定的確

的，因為我終於不能證實：惟黑暗與虛無乃是實有。」（《兩地書・四》）可參看。

求乞者①

我順著剝落的高牆走路，踏著鬆的灰土。另外有幾個人，各自走路。微風起來，露在牆頭的高樹的枝條帶著還未乾枯的葉子在我頭上搖動。

微風起來，四面都是灰土。

一個孩子向我求乞，也穿著夾衣，也不見得悲戚，而攔著磕頭，追著哀呼。

我厭惡他的聲調，態度。我憎惡他並不悲哀，近於兒戲；我煩厭他這追著哀呼。

我走路。另外有幾個人各自走路。微風起來，四面都是灰土。

一個孩子向我求乞，也穿著夾衣，也不見得悲戚，但是啞的，攤開手，裝著手勢。

我就憎惡他這手勢。而且，他或者並不啞，這不過是一種求乞的法子。

我不布施，我無布施心，我但居布施者之上，給與煩膩，疑心，憎惡。

我順著倒敗的泥牆走路，斷磚疊在牆缺口，牆裡面沒有什麼。微風起來，送秋寒穿透我的夾衣；四面都是灰土。

我想著我將用什麼方法求乞：發聲，用怎樣聲調？裝啞，用怎樣手勢？……

另外有幾個人各自走路。

我將得不到布施，得不到布施心；我將得到自居於布施之上者的煩膩，疑心，憎惡。

我將用無所爲和沉默求乞……

我至少將得到虛無。

微風起來，四面都是灰土。另外有幾個人各自走路。

灰土，灰土，……

……………………

灰土……

一九二四年九月二十四日

注釋

①本篇最初發表於一九二四年十二月八日《語絲》周刊第四期。

我的失戀①

——擬古的新打油詩②

我的所愛在山腰；
想去尋她山太高，
低頭無法淚沾袍。
愛人贈我百蝶巾；
回她什麼：貓頭鷹。
從此翻臉不理我，
不知何故兮使我心驚。

我的所愛在鬧市；
想去尋她人擁擠，
仰頭無法淚沾耳。
愛人贈我雙燕圖；
回她什麼：冰糖葫蘆③。

從此翻臉不理我，
不知何故兮使我胡塗。

我的所愛在河濱；
想去尋她河水深，
歪頭無法淚沾襟。
愛人贈我金表索；
回她什麼：發汗藥。
從此翻臉不理我，
不知何故兮使我神經衰弱。

我的所愛在豪家；
想去尋她兮沒有汽車，
搖頭無法淚如麻。
愛人贈我玫塊花；
回她什麼：赤練蛇④。

從此翻臉不理我，
不知何故兮——由她去罷。

一九二四年十月三日

注釋

①本篇最初發表於一九二四年十二月八日《語絲》周刊第四期。作者在《〈野草〉英文譯本序》中說：「因為諷刺當時盛行的失戀詩，作《我的失戀》」。在《三閑集・我和〈語絲〉的始終》一文中談到本篇時說：「不過是三段打油詩，題作《我的失戀》，是看見當時『啊呀阿唷，我要死了』之類的失戀詩盛行，故意做一首用『由她去吧』收場的東西，開開玩笑的。這詩後來又添了一段，登在《語絲》上」。

②**擬古的新打油詩**　擬古，這裡是模擬東漢文學家、天文學家張衡（78-139）的《四愁詩》的格式。《四愁詩》共四首，每首都以「我所思兮在××」開始，而以「何為懷憂心××」作結，故稱「四愁」。最早見於南朝梁昭明太子蕭統所編的《文選》第二十九卷。打油詩，傳說唐代人張打油所作的詩常用俚語，且故作詼諧，有時暗含嘲諷，被稱為打油詩。

③**冰糖葫蘆**　用山楂等果品醮以糖汁製成的一種食品。據清末富察敦崇編著的《燕京歲時記》載：

「冰糖壺盧，乃用竹簽貫以葡萄、山藥豆、海棠果、山裡紅等物，蘸以冰糖，甜脆而涼。」

④赤練蛇　一作赤鏈蛇；生活於山林或草澤地區。頭黑色，鱗片邊緣暗紅色；體背黑褐色，有紅色窄橫紋。無毒。

復讎①

人的皮膚之厚，大概不到半分，鮮紅的熱血，就循著那後面，在比密密層層地爬在牆壁上的槐蠶②更其密的血管裡奔流，散出溫熱。於是各以這溫熱互相蠱惑，煽動，牽引，拚命地希求偎依，接吻，擁抱，以得生命的沉酣的大歡喜。

但倘若用一柄尖銳的利刃，只一擊，穿透這桃紅色的，菲薄的皮膚，將見那鮮紅的熱血激箭似的以所有溫熱直接灌溉殺戮者；其次，則給以冰冷的呼吸，示以淡白的嘴唇，使之人性茫然，得到生命的飛揚的極致的大歡喜；而其自身，則永遠沉浸於生命的飛揚的極致的大歡喜中。

這樣，所以，有他們倆裸著全身，捏著利刃，對立於廣漠的曠野之上。

他們倆將要擁抱，將要殺戮……

路人們從四面奔來，密密層層地，如槐蠶爬上牆壁，如螞蟻要扛鯗頭③。衣服都漂亮，手倒空的。然而從四面奔來，而且拚命地伸長頸子，要賞鑒這擁抱或殺戮。他們已經預覺著事後的自己的舌上的汗或血的鮮味。

然而他們倆對立著，在廣漠的曠野之上，裸著全身，捏著利刃，然而也不擁抱，也不殺戮，而且也不見有擁抱或殺戮之意。

他們倆這樣地至於永久，圓活的身體，已將乾枯，然而毫不見有擁抱或殺戮之意。

路人們於是乎無聊；覺得有無聊鑽進他們的毛孔，覺得有無聊從他們自己的心中由毛孔鑽出，爬滿曠野，又鑽進別人的毛孔中。他們於是覺得喉舌乾燥，脖子也乏了；終至於面面相覷，慢慢走散；甚而至於居然覺得乾枯到失了生趣。

於是只剩下廣漠的曠野，而他們倆在其間裸著全身，捏著利刃，乾枯地立著；以死人似的眼光，賞鑒這路人們的乾枯，無血的大戮，而永遠沉浸於生命的飛揚的極致的大歡喜中。

一九二四年十二月二十日

注釋

①本篇最初發表於一九二四年十二月二十九日《語絲》周刊第七期。作者在《〈野草〉英文譯本序》中說：「因為憎惡社會上旁觀者之多，作《復讎》第一篇」。又在一九三四年五月十六日致鄭振鋒信中說：「不動筆誠然最好。我在《野草》中，曾記一男一女，持刀對立曠野中，無聊人竟隨而往，以為必有事件，慰其無聊，而二人從此毫無動作，以致無聊人仍然無聊，至於老死，題曰《復讎》，亦是此意。但此亦不過憤激之談，該二人或相愛，或相殺，還是照所欲而行的為是。」

②**槐蠶** 一種生長在槐樹上的蛾類的幼蟲。

③**鮝頭** 即海魚乾頭，紹興俗稱剖開晾乾的海魚為鮝。

復讎（其二）①

因爲他自以爲神之子，以色列的王②，所以去釘十字架。

兵丁們給他穿上紫袍，戴上荊冠，慶賀他；又拿一根葦子打他的頭，吐他，屈膝拜他；戲弄完了，就給他脫了紫袍，仍穿他自己的衣服③。

看哪，他們打他的頭，吐他，拜他……

他不肯喝那用沒藥④調和的酒，要分明地玩味以色列人怎樣對付他們的神之子，而且較永久地悲憫他們的前途，然而仇恨他們的現在。

四面都是敵意，可悲憫的，可咒詛的。

丁丁地響，釘尖從掌心穿透，他們要釘殺他們的神之子了，可憫的人們呵，使他痛得柔和。丁丁地響，釘尖從腳背穿透，釘碎了一塊骨，痛楚也透到心髓中，然而他們自己釘殺著他們的神之子了，可咒詛的人們呵，這使他痛得舒服。

十字架豎起來了；他懸在虛空中。

他沒有喝那用沒藥調和的酒，要分明地玩味以色列人怎樣對付他們的神之子，而且較永久地悲憫他們的前途，然而仇恨他們的現在。

路人都辱罵他，祭司長和文士也戲弄他，和他同釘的兩個強盜也譏誚他⑤。

看哪，和他同釘的……

四面都是敵意，可悲憫的，可咒詛的。

他在手足的痛楚中，玩味著可憫的人們的釘殺神之子的悲哀和可咒詛的人們要釘殺神之子，而神之子就要被釘殺了的歡喜。突然間，碎骨的大痛楚透到心髓了，他即沉酣於大歡喜和大悲憫中。

他腹部波動了，悲憫和咒詛的痛楚的波。

遍地都黑暗了。

「以羅伊，以羅伊，拉馬撒巴各大尼?!」（翻出來，就是：我的上帝，你為甚麼離棄我?!）⑥

上帝離棄了他，他終於還是一個「人之子」；然而以色列人連「人之子」都釘殺了。

釘殺了「人之子」的人們的身上，比釘殺了「神之子」的尤其血汙，血腥。

一九二四年十二月二十日

注釋

①本篇最初發表於一九二四年十二月二十九日《語絲》周刊第七期。文中關於耶穌被釘十字架的事，是根據《新約全書》中的記載。

②**以色列的王**　即猶太人的王。據《新約全書·馬可福音》第十五章記載：「他們帶耶穌到了各各他

地方（各各他翻出來，就是髑髏地），……於是將他釘在十字架上，……在上面有他的罪狀，寫的是猶太人的王。」

③關於耶穌被釘十字架的情況，據《馬可福音》第十五章記載：「將耶穌鞭打了，交給人釘十字架。……他們給他穿上紫袍，又用荊棘編作冠冕給他戴上，就慶賀他說，恭喜猶太人的王啊。又拿一根葦子，打他的頭，吐唾沫在他臉上，屈膝拜他。戲弄完了，就給他脫了紫袍，仍穿上他自己的衣服，帶他出去，要釘十字架。」

④**沒藥**　藥名，一作末藥，梵語音譯。由沒藥樹樹皮中滲出的脂液凝結而成。有鎮靜、麻醉等作用。《馬可福音》第十五章有兵丁拿沒藥調和的酒給耶穌，耶穌不受的記載。

⑤據《馬可福音》第十五章記載：「他們又把兩個強盜，和他同釘十字架，一個在右邊，一個在左邊。從那裡經過的人辱罵他，搖著頭說，咳，你這拆毀聖殿，三日又建造起來的，可以救自己從十字架上下來罷。祭司長和文士也是這樣戲弄他，彼此說，他救了別人，不能救自己。以色列的王基督，現在可以從十字架上下來，叫我們看見，就信了。那和他同釘的人也是譏誚他。」祭司長，古猶太教管祭祀的人；文士，宣講古猶太法律，兼記錄和保管官方文件的人。他們同屬上層統治階級。

⑥關於耶穌臨死前的情況，據《馬可福音》第十五章記載：「從午正到申初遍地都黑暗了。申初的時候，耶穌大聲喊著說：『以羅伊，以羅伊，拉馬撒巴各大尼?!』翻出來，就是：我的上帝，我的上

帝，爲什麼離棄我?!……氣就斷了。」

希望①

我的心分外地寂寞。

然而我的心很平安：沒有愛憎，沒有哀樂，也沒有顏色和聲音。

我大概老了。我的頭髮已經蒼白，不是很明白的事麼？我的手顫抖著，不是很明白的事麼？那麼，我的魂靈的手一定也顫抖著，頭髮也一定蒼白了。

然而這是許多年前的事了。

這以前，我的心也曾充滿過血腥的歌聲：血和鐵，火焰和毒，恢復和報仇。而忽而這些都空虛了，但有時故意地填以沒奈何的自欺的希望。希望，希望，用這希望的盾，抗拒那空虛中的暗夜的襲來，雖然盾後面也依然是空虛中的暗夜。然而就是如此，陸續地耗盡了我的青春②。

我早先豈不知我的青春已經逝去了？但以爲身外的青春固在：星，月光，僵墜的蝴蝶，暗中的花，貓頭鷹的不祥之言，杜鵑③的啼血，笑的渺茫，愛的翔舞……。雖然是悲涼縹緲的青春罷，然而究竟是青春。

然而現在何以如此寂寞？難道連身外的青春也都逝去，世上的青年也多衰老了麼？

我只得由我來肉搏這空虛中的暗夜了。我放下了希望之盾，我聽到Petofi Sandor（1823-49）④的「希望」之歌：

希望是甚麼？是娼妓：

她對誰都蠱惑，將一切都獻給；

待你犧牲了極多的寶貝——

你的青春——她就棄掉你。

這偉大的抒情詩人，匈牙利的愛國者，爲了祖國而死在可薩克⑤兵的矛尖上，已經七十五年了。悲哉死也，然而更可悲的是他的詩至今沒有死。

但是，可慘的人生！桀驁英勇如Petofi，也終於對了暗夜止步，回顧著茫茫的東方了。他說：

絕望之爲虛妄，正與希望相同⑥。

倘使我還得偷生在不明不暗的這「虛妄」中，我就還要尋求那逝去的悲涼縹緲的青春，但不妨在我的身外。因爲身外的青春倘一消滅，我身中的遲暮也即凋零了。

然而現在沒有星和月光，沒有僵墜的蝴蝶以至笑的渺茫，愛的翔舞。然而青年們很平安。

我只得由我來肉搏這空虛中的暗夜了，縱使尋不到身外的青春，也總得自己來一擲我身中的遲暮。但暗夜又在那裡呢？現在沒有星，沒有月光以至笑的渺茫和愛的翔舞；青年們很平安，而我的面前又竟至於並且沒有真的暗夜。

絕望之爲虛妄，正與希望相同！

一九二五年一月一日

注釋

①本篇最初發表於一九二五年一月十九日《語絲》周刊第十期。作者在《〈野草〉英文譯本序》中說：「因爲驚異於青年之消沉，作《希望》。」

②作者在《南腔北調集・〈自選集〉自序》中說：「見過辛亥革命，見過二次革命，見過袁世凱稱帝，張勳復辟，看來看去，就看得懷疑起來，於是失望，頹唐得很了。……不過我卻又懷疑於自己的失望，因爲我所見過的人們，事件，是有限得很的，這想頭，就給了我提筆的力量。『絕望之爲虛妄，正與希望相同。』」可參看。

③**杜鵑**　鳥名，亦名子規、杜宇，初夏時常晝夜啼叫。唐代陳藏器撰的《本草拾遺》說：「杜鵑鳥，小似鷂，鳴呼不已，出血聲始止。」

④Petofi Sandor　裴多菲・山陀爾（1823-1849），匈牙利愛國詩人，曾參加一八四八年至一八四九年間反抗奧地利的民族革命戰爭，在作戰中英勇犧牲。他的主要作品有《勇敢的約翰》、《民族之歌》等。這裡引的《希望》一詩，作於一八四五年。

⑤**可薩克**　通譯哥薩克，原爲突厥語，意思是「自由的人」或「勇敢的人」。他們原是俄羅斯的一部分農奴和城市貧民，十五世紀後半葉和十六世紀前半葉，因不堪封建壓迫，從俄國中部逃出，定居

在俄國南部的庫班河和頓河一帶，自稱為「哥薩克人」。他們善騎戰，沙皇時代多入伍當兵。一八四九年沙皇俄國援助奧地利反動派，入侵匈牙利鎮壓革命，俄軍中即有哥薩克部隊。

⑥絕望之為虛妄，正與希望相同　這句話出自裴多菲一八四七年七月十七日致友人凱雷尼·弗里杰什的信：「……這個月的十三號，我從拜雷格薩斯起程，乘著那樣惡劣的駑馬，那是我整個旅程中從未碰見過的。當我一看到那些倒楣的駑馬，我吃驚得頭髮都豎了起來……我內心充滿了絕望，坐上了大車，……但是，我的朋友，絕望是那樣不足信，正如同希望一樣。這些瘦弱的馬駒用這樣快的速度帶我飛馳到薩特馬爾來，甚至連那些靠燕麥和乾草飼養的貴族老爺派頭的馬也要為之讚賞。我對你說過，不要只憑外表作判斷，要是那樣，你就會看錯了的。」（譯自匈牙利文《裴多菲全集》）

雪①

暖國②的雨，向來沒有變過冰冷的堅硬的燦爛的雪花。博識的人們覺得他單調，他自己也以爲不幸否耶？江南的雪，可是滋潤美豔之至了；那是還在隱約著的青春的消息，是極壯健的處子的皮膚。雪野中有血紅的寶珠山茶③，白中隱青的單瓣梅花，深黃的磬口的蠟梅花④；雪下面還有冷綠的雜草。蝴蝶確乎沒有；蜜蜂是否來採山茶花和梅花的蜜，我可記不真切了。但我的眼前彷彿看見冬花開在雪野中，有許多蜜蜂們忙碌地飛著，也聽得他們嗡嗡地鬧著。

孩子們呵著凍得通紅，像紫芽薑一般的小手，七八個一齊來塑雪羅漢。因爲不成功，誰的父親也來幫忙了。羅漢就塑得比孩子們高得多，雖然不過是上小下大的一堆，終於分不清是葫蘆還是羅漢；然而很潔白，很明豔，以自身的滋潤相黏結，整個地閃閃地生光。孩子們用龍眼核給他做眼珠，又從誰的母親的脂粉奩中偷得胭脂來塗在嘴唇上。這回確是一個大阿羅漢了。他也就目光灼灼地嘴唇通紅地坐在雪地裡。

第二天還有幾個孩子來訪問他；對了他拍手，點頭，嘻笑。但他終於獨自坐著了。晴天又來消釋他的皮膚，寒夜又使他結一層冰，化作不透明的水晶模樣；連續的晴天又使他成爲不知道算什麼，而嘴上的胭脂也褪盡了。

但是，朔方的雪花在紛飛之後，卻永遠如粉，如沙，他們決不黏連，撒在屋上，地上，枯草上，就是這樣。屋上的雪是早已就有消化了的，因爲屋裡居人的火的溫熱。別的，在晴天之下，旋風忽來，便蓬勃地奮飛，在日光中燦燦地生光，如包藏火焰的大霧，旋轉而且升騰，瀰漫太空，使太空旋轉而且升騰地閃爍。

在無邊的曠野上，在凜冽的天宇下，閃閃地旋轉升騰著的是雨的精魂……

是的，那是孤獨的雪，是死掉的雨，是雨的精魂。

一九二五年一月十八日

注釋

①本篇最初發表於一九二五年一月二十六日《語絲》周刊第十一期。

②**暖國** 指我國南方氣候溫暖的地區。

③**寶珠山茶** 據《廣群芳譜》卷四十一載：「寶珠山茶，千葉含苞，歷幾月而放，殷紅若丹，最可愛。」

④**磬口的蠟梅花** 據清代陳淏子撰《花鏡》卷三載：「圓瓣深黃，形似白梅，雖盛開如半含者，名磬口，最爲世珍。」

風箏①

北京的冬季，地上還有積雪，灰黑色的禿樹枝丫叉於晴朗的天空中，而遠處有一二風箏浮動，在我是一種驚異和悲哀。

故鄉的風箏時節，是春二月，倘聽到沙沙的風輪②聲，仰頭便能看見一個淡墨色的蟹風箏或嫩藍色的蜈蚣風箏。還有寂寞的瓦片風箏，沒有風輪，又放得很低，伶仃地顯出憔悴可憐模樣。但此時地上的楊柳已經發芽，早的山桃也多吐蕾，和孩子們的天上的點綴相照應，打成一片春日的溫和。我現在在那裡呢？四面都還是嚴冬的肅殺，而久經訣別的故鄉的久經逝去的春天，卻就在這天空中蕩樣了。

但我是向來不愛放風箏的，不但不愛，並且嫌惡他，因爲我以爲這是沒出息孩子所做的玩藝。和我相反的是我的小兄弟，他那時大概十歲內外罷，多病，瘦得不堪，然而最喜歡風箏，自己買不起，我又不許做，他只得張著小嘴，呆看著空中出神，有時至於小半日。遠處的蟹風箏突然落下來了，他驚呼；兩個瓦片風箏的纏繞解開了，他高興得跳躍。他的這些，在我看來都是笑柄，可鄙的。

有一天我忽然想起，似乎多日不很看見他了，但記得曾見他在後園拾枯竹。我恍然大悟似的，便跑向少有人去的一間堆積雜物的小屋去，推開門，果然就在塵封的雜物堆中發現了他。他向著大方凳，坐在小凳上；便很驚惶地站了起來，失了色瑟縮著。大方凳旁靠著一個蝴蝶風箏的竹骨，還沒有糊上紙，凳上是一對做眼睛用的小風輪，正用紅紙條裝飾著，將要完工了。我在破獲秘密的滿足中，又很憤怒他的瞞了我的眼睛，這樣苦心孤詣地來偷做沒出息孩子的玩藝。我即刻伸手折斷了蝴蝶的一支翅骨，又將風輪擲在地下，踏扁了。論長幼，論力氣，他是都敵不過我的，我當然得到完全的勝利，於是傲然走出，留他絕望地站在小屋裡。後來他怎樣，我不知道，也沒有留心。

然而我的懲罰終於輪到了，在我們離別得很久之後，我已經是中年。我不幸偶爾看了一本外國的講論兒童的書，才知道遊戲是兒童最正當的行爲，玩具是兒童的天使。於是二十年來毫不憶及的幼小時候對於精神的虐殺的這一幕，忽地在眼前展開，而我的心也彷彿同時變了鉛塊，很重很重的墮下去了。

但心又不竟墮下去而至於斷絕，他只是很重很重地墮著，墮著。

我也知道補過的方法的：送他風箏，贊成他放，勸他放，我和他一同放。我們嚷著，跑著，笑著。——然而他其時已經和我一樣，早已有了鬍子了。

我也知道還有一個補過的方法的：去討他的寬恕，等他說，「我可是毫不怪你呵。」那麼，我的心一定就輕鬆了，這確是一個可行的方法。有一回，我們會面的時候，是臉上都已添刻了許多「生」的辛苦的條紋，而我的心很沉重。我們漸漸談起兒時的舊事來，我便敘述到這一節，自說少年時代的胡塗。「我可是毫不怪你呵。」我想，他要說了，我即刻便受了寬恕，我的心從此也寬鬆了罷。

「有過這樣的事麼?」他驚異地笑著說,就像旁聽著別人的故事一樣。他什麼也不記得了。

全然忘卻,毫無怨恨,又有什麼寬恕之可言呢?無怨的恕,說謊罷了。

我還能希求什麼呢?我的心只得沉重著。

現在,故鄉的春天又在這異地的空中了,既給我久經逝去的兒時的回憶,而一併也帶著無可把握的悲哀。我倒不如躲到肅殺的嚴冬中去罷,——但是,四面又明明是嚴冬,正給我非常的寒威和冷氣。

一九二五年一月二十四日

注釋

①本篇最初發表於一九二五年二月二日《語絲》周刊第十二期。

②風輪　風箏上能迎風轉動發聲的小輪。

好的故事①

燈火漸漸地縮小了，在預告石油的已經不多；石油又不是老牌，早熏得燈罩很昏暗。鞭爆的繁響在四近，煙草的煙霧在身邊：是昏沉的夜。

我閉了眼睛，向後一仰，靠在椅背上；捏著《初學記》②的手擱在膝髁上。

我在朦朧中，看見一個好的故事。

這故事很美麗，幽雅，有趣。許多美的人和美的事，錯綜起來像一天雲錦，而且萬顆奔星似的飛動著，同時又展開去，以至於無窮。

我彷彿記得曾坐小船經過山陰道③，兩岸邊的烏桕，新禾，野花，雞，狗，叢樹和枯樹，茅屋，塔，伽藍④，農夫和村婦，村女，曬著的衣裳，和尚，蓑笠，天，雲，竹，……都倒影在澄碧的小河中，隨著每一打槳，各各夾帶了閃爍的日光，並水裡的萍藻游魚，一同蕩漾。諸影諸物，無不解散，而且搖動，擴大，互相融和；剛一融和，卻又退縮，復近於原形。邊緣都參差如夏雲頭，鑲著日光，發出水銀色焰。凡是我所經過的河，都是如此。

現在我見的故事也如此。水中的青天的底子，一切事物統在上面交錯，織成一篇，永是生動，永是展開，我看不見這一篇的結束。

河邊枯柳樹下的幾株瘦削的一丈紅⑤，該是村女種的罷。大紅花和斑紅花，都在水裡面浮動，忽而碎散，拉長了，縷縷的胭脂水，然而沒有暈。茅屋，狗，塔，村女，雲，……也都浮動著。大紅花一朵朵全被拉長了，這時是潑剌奔迸的紅錦帶。帶織入狗中，狗織入白雲中，白雲織入村女中……。在一瞬間，他們又將退縮了。但斑紅花影也已碎散，伸長，就要織進塔，村女，狗，茅屋，雲裡去。

現在我所見的故事清楚起來了，美麗，幽雅，有趣，而且分明。青天上面，有無數美的人和美的事，我一一看見，一一知道。

我就要凝視他們……。

我正要凝視他們時，驟然一驚，睜開眼，雲錦也已皺蹙，凌亂，彷彿有誰擲一塊大石下河水中，水波陡然起立，將整篇的影子撕成片片了。我無意識地趕忙捏住幾乎墜地的《初學記》，眼前還剩著幾點虹霓色的碎影。

我真愛這一篇好的故事，趁碎影還在，我要追回他，完成他，留下他。我拋了書，欠身伸手去取筆，——何嘗有一絲碎影，只見昏暗的燈光，我不在小船裡了。

但我總記得見過這一篇好的故事，在昏沉的夜……。

一九二五年二月二十四日⑥

注釋

①本篇最初發表於一九二五年二月九日《語絲》周刊第十三期。

②《初學記》　類書名，唐代徐堅等輯，共三十卷。取材於群經、諸子、歷代詩賦及唐初諸家作品。

③山陰道　指紹興縣城西南一帶風景優美的地方。《世說新語・言語》裡說：「王子敬云：從山陰道上行，山川自相映發，使人應接不暇。」

④伽藍　梵語「僧伽藍摩」的略稱，意思是僧眾所住的園林，後泛指寺廟。

⑤一丈紅　即蜀葵，莖高六七尺，六月開花，形大，有紅、紫、白、黃等顏色。

⑥文末所注寫作日期遲於發表日期，有誤；《魯迅日記》一九二五年一月二十八日記有「作《野草》一篇」，當指本文。

過客①

時：

或一日的黃昏。

地：

或一處。

人：

老翁——約七十歲，白頭髮，黑長袍。

女孩——約十歲，紫髮，烏眼珠，白地黑方格長衫。

過客——約三四十歲，狀態困頓倔強，眼光陰沉，黑鬚，亂髮，黑色短衣褲皆破碎，赤足著破鞋，脇下掛一個口袋，拄著等身②的竹杖。

東，是幾株雜樹和瓦礫；西，是荒涼破敗的叢葬；其間有一條似路非路的痕跡。一間小土屋向這痕跡開著一扇門；門側有一段枯樹根。

（女孩正要將坐在樹根上的老翁攙起。）

翁——孩子。喂，孩子！怎麼不動了呢？

孩——（向東望著，）有誰走來了，看一看罷。

翁——不用看他。扶我進去罷。太陽要下去了。

孩——我，——看一看。

翁——唉，你這孩子！天天看見天，看見土，看見風，還不夠好看麼？什麼也不比這些好看。你偏是要看誰。太陽下去時候出現的東西，不會給你什麼好處的。……還是進去罷。

孩——可是，已經近來了。啊啊，是一個乞丐。

翁——乞丐？不見得罷。

（過客從東面的雜樹間蹌踉走出，暫時躊躇之後，慢慢地走近老翁去。）

客——老丈，你晚上好？

翁——阿，好！托福。你好？

客——老丈，我實在冒昧，我想在你那裏討一杯水喝。我走得渴極了。這地方又沒有一個池塘，一個水窪。

翁——唔，可以可以。你請坐罷。（向女孩，）孩子，你拿水來，杯子要洗乾淨。

（女孩默默地走進土屋去。）

翁——客官，你請坐。你是怎麼稱呼的。

客——稱呼？——我不知道。從我還能記得的時候起，我就只一個人，我不知道我本來叫什麼。

我一路走，有時人們也隨便稱呼我，各式各樣地，我也記不清楚了，況且相同的稱呼也沒有聽到過第二回。

翁——啊啊。那麼，你是從哪裡來的呢？

客——（略略遲疑，）我不知道。從我還能記得的時候起，我就在這麼走。

翁——對了。那麼，我可以問你到哪裡去麼？

客——自然可以。——但是，我不知道。從我還能記得的時候起，我就在這麼走，要走到一個地方去，這地方就在前面。我單記得走了許多路，現在來到這裏了。我接著就要走向那邊去，（西指，）前面！

（女孩小心地捧出一個木杯來，遞去。）

客——（接杯，）多謝，姑娘。（將水兩口喝盡，還杯，）多謝，姑娘。這真是少有的好意。我真不知道應該怎樣感激！

翁——不要這麼感激。這於你是沒有好處的。

客——是的，這於我沒有好處。可是我現在很恢復了些力氣了。我就要前去。老丈，你大約是久住在這裏的，你可知道前面是怎麼一個所在麼？

翁——前面？前面，是墳③。

客——（詫異地，）墳？

孩——不，不，不的。那裏有許多許多野百合，野薔薇，我常常去玩，去看他們的。

客——（西顧，彷彿微笑，）不錯。那些地方有許多許多野百合，野薔薇，我也常常去玩過，去看過的。但是，那是墳。（向老翁，）老丈，走完了那墳地之後呢？

翁——走完之後？那我可不知道。我沒有走過。

客——不知道?!

孩——我也不知道。

翁——我單知道南邊；北邊；東邊，你的來路。那是我最熟悉的地方，也許倒是於你們最好的地方。你莫怪我多嘴，據我看來，你已經這麼勞頓了，還不如回轉去，因為你前去也料不定可能走完。

客——料不定可能走完？……（沉思，忽然驚起）那不行！我只得走。回到那裡去，就沒一處沒有名目，沒一處沒有地主，沒一處沒有驅逐和牢籠，沒一處沒有皮面的笑容，沒一處沒有眶外的眼淚。我憎惡他們，我不回轉去。

翁——那也不然。你也會遇見心底的眼淚，為你的悲哀。

客——不。我不願看見他們心底的眼淚，不要他們為我的悲哀。

翁——那麼，你，（搖頭，）你只得走了。

客——是的，我只得走了。況且還有聲音常在前面催促我，叫喚我，使我息不下。可恨的是我的腳早經走破了，有許多傷，流了許多血。（舉起一足給老人看，）因此，我的血不夠了；我要喝些血。但血在哪裡呢？可是我也不願意喝無論誰的血。我只得喝些水，來補充我的血。一路上總有水，我倒也並不感到什麼不足。只是我的力氣太稀薄了，血裏面太多了水的緣故罷。今天連一個小水窪也遇不到，也就是少走了路的緣故罷。

翁——那也未必。太陽下去了，我想，還不如休息一會的好罷，像我似的。

客——但是，那前面的聲音叫我走。

翁——我知道。

客——你知道？你知道那聲音麼？

翁——是的。他似乎曾經也叫過我。

客——那也就是現在叫我的聲音麼？

翁——那我可不知道。他也就是叫過幾聲，我不理他，他也就不叫了，我也就記不清楚了。

客——唉唉，不理他……。（沉思，忽然吃驚，傾聽著，）不行！我還是走的好。我息不下。可恨我的腳早經走破了。（準備走路。）

孩——給你！（遞給一片布，）裹上你的傷去。

客——多謝，（接取，）姑娘。這真是……。這真是極少有的好意。這能使我可以走更多的路。（就斷磚坐下，要將布纏在踝上，）但是，不行！（竭力站起，）姑娘，還了你罷，還是裹不下。況且這太多的好意，我沒法感激。

翁——你不要這麼感激，這於你沒有好處。

客——是的，這於我沒有什麼好處。但在我，這布施是最上的東西了。你看，我全身上可有這樣的。

翁——你不要當真就是。

客——是的。但是我不能。我怕我會這樣：倘使我得到了誰的布施，我就要像兀鷹看見死屍一樣，在四近徘徊，祝願她的滅亡，給我親自看見；或者咒詛她以外的一切全都滅亡，連我自己，因爲我就應該得到咒詛④。但是我還沒有這樣的力量；即使有這力量，我也不願意她有這樣的境遇，因爲她們大概總不願意有這樣的境遇。我想，這最穩當。（向女孩，）姑娘，你這布片太好，可是太小一點了，還了你罷。

孩——（驚懼，退後，）我不要了！你帶走！

客——（似笑，）哦哦，……因爲我拿過了？

孩——（點頭，指口袋，）你裝在那裡，去玩玩。

客——（頹唐地退後，）但這背在身上，怎麼走呢？……

翁——你息不下，也就背不動。——休息一會，就沒有什麼了。

客——對咧，休息……。（默想，但忽然驚醒，傾聽。）不，我不能！我還是走好。

翁——你總不願意休息麼？

客——我願意休息。

翁——那麼，你就休息一會罷。

客——但是，我不能……。

翁——你總還是覺得走好麼？

客——是的。還是走好。

翁——那麼，你還是走好罷。

客——（將腰一伸，）好，我告別了。我很感激你們。（向著女孩，）姑娘，這還你，請你收回去。

（女孩驚懼，斂手，要躲進土屋裏去。）

翁——你帶去罷。要是太重了，可以隨時拋在墳地裡面的。

孩——（走向前，）啊啊，那不行！

客——啊啊，那不行的。

翁——那麼，你掛在野百合野薔薇上就是了。

孩——（拍手，）哈哈！好！

翁——哦哦……。

（極暫時中，沉默。）

翁——那麼，再見了。祝你平安。（站起，向女孩，）孩子，扶我進去罷。你看，太陽早已下去了。（轉身向門。）

客——多謝你們。祝你們平安。（徘徊，沉思，忽然吃驚，）然而我不能！我只得走。我還是走好罷……。（即刻昂了頭，奮然向西走去。）

（女孩扶老人走進土屋，隨即闔了門。過客向野地裡踉蹌地闖進去，夜色跟在他後面。）

一九二五年三月二日

注釋

①本篇最初發表於一九二五年三月九日《語絲》周刊第十七期。

②等身　和身材一樣高。

③墳　作者在《寫在〈墳〉後面》中說：「我只很確切地知道一個終點，就是：墳。然而這是大家都知道的，無須誰指引。問題是在從此到那的道路。那當然不只一條，我可正不知那一條好，雖然至今有時也還在尋求。」可參看。

④作者在寫本篇後不久給許廣平的信中說：「同我有關的活著，我倒不放心，死了，我就安心，這意思也在《過客》中說過」。（《兩地書·二四》）可參看。

死火①

我夢見自己在冰山間奔馳。

這是高大的冰山，上接冰天，天上凍雲瀰漫，片片如魚鱗模樣。山麓有冰樹林，枝葉都如松杉。一切冰冷，一切青白。

但我忽然墜在冰谷中。

上下四旁無不冰冷，青白。而一切青白冰上，卻有紅影無數，糾結如珊瑚網。我俯看腳下，有火焰在。

這是死火。有炎炎的形，但毫不搖動，全體冰結，像珊瑚枝；尖端還有凝固的黑煙，疑這才從火宅②中出，所以枯焦。這樣，映在冰的四壁，而且互相反映，化為無量數影，使這冰谷，成紅珊瑚色。

哈哈！

當我幼小的時候，本就愛看快艦激起的浪花，洪爐噴出的烈焰。不但愛看，還想看清。可惜他們都息息變幻，永無定形。雖然凝視又凝視，總不留下怎樣一定的跡象。

死的火焰，現在先得到了你了！

我拾起死火，正要細看，那冷氣已使我的指頭焦灼；但是，我還熬著，將他塞入衣袋中間。冰谷四面，登時完全青白。我一面思索著走出冰谷的法子。

我的身上噴出一縷黑煙，上升如鐵線蛇③。冰谷四面，又登時滿有紅焰流動，如大火聚④，將我包圍。我低頭一看，死火已經燃燒，燒穿了我的衣裳，流在冰地上了。

「唉，朋友！你用了你的溫熱，將我驚醒了。」他說。

我連忙和他招呼，問他名姓。

「我原先被人遺棄在冰谷中，」他答非所問地說，「遺棄我的早已滅亡，消盡了。我也被冰凍凍得要死。倘使你不給我溫熱，使我重行燒起，我不久就須滅亡。」

「你的醒來，使我歡喜。我正在想著走出冰谷的方法；我願意攜帶你去，使你永不冰結，永得燃燒。」

「唉唉！那麼，我將燒完？」

「你的燒完，使我惋惜。我便將你留下，仍在這裡罷。」

「唉唉！那麼，我將凍滅了！」

「那麼，怎麼辦呢？」

「但你自己，又怎麼辦呢？」他反而問。

「我說過了：我要出這冰谷……。」

「那我就不如燒完！」

他忽而躍起，如紅彗星，並我都出冰谷口外。有大石車突然馳來，我終於碾死在車輪底下，但我還來得及看見那車就墜入冰谷中。

「哈哈！你們是再也遇不著死火了！」我得意地笑著說，彷彿就願意這樣似的。

一九二五年四月二十三日

注釋

①本篇最初發表於一九二五年五月四日《語絲》周刊第二十五期。

②**火宅**　佛家語。《法華經・譬喻品》中說：「三界（按指欲界、色界、無色界，泛指世界）無安，猶如火宅，眾苦充滿，甚可怖畏，常有生老病死憂患，如是等火，熾然不息。」

③**鐵線蛇**　又名盲蛇，無毒，狀如蚯蚓，是我國最小的一種蛇。分布於浙江、福建等地。

④**火聚**　佛家語。猛火聚集的地方。

狗的駁詰①

我夢見自己在隘巷中行走，衣履破碎，像乞食者。

一條狗在背後叫起來了。

我傲慢地回顧，叱吒說：

「呔！住口！你這勢利的狗！」

「嘻嘻！」牠笑了，還接著說，「不敢，愧不如人呢。」

「什麼?!」我氣憤了，覺得這是一個極端的侮辱。

「我慚愧：我終於還不知道分別銅和銀②；還不知道分別布和綢；還不知道分別官和民；還不知道分別主和奴；還不知道……」

我逃走了。

「且慢！我們再談談……」牠在後面大聲挽留。

我一逕逃走，盡力地走，直到逃出夢境，躺在自己的床上。

一九二五年四月二十三日

注釋

①本篇最初發表於一九二五年五月四日《語絲》周刊第二十五期。

②銅和銀　這裡指錢幣。我國舊時曾通用銅幣和銀幣。

失掉的好地獄①

我夢見自己躺在床上，在荒寒的野外，地獄的旁邊。一切鬼魂們的叫喚無不低微，然有秩序，與火焰的怒吼，油的沸騰，鋼叉的震顫相和鳴，造成醉心的大樂②，布告三界③：地下太平。

有一偉大的男子站在我面前，美麗，慈悲，遍身有大光輝，然而我知道他是魔鬼。

「一切都已完結，一切都已完結！可憐的鬼魂們將那好的地獄失掉了！」他悲憤地說，於是坐下，講給我一個他所知道的故事——

「天地作蜂蜜色的時候，就是魔鬼戰勝天神，掌握了主宰一切的大威權的時候。他收得天國，收得人間，也收得地獄。他於是親臨地獄，坐在中央，遍身發大光輝，照見一切鬼眾。

「地獄原已廢弛得很久了：劍樹④消卻光芒；沸油的邊際早不騰湧；大火炬有時不過冒些青煙，遠處還萌生曼陀羅花⑤，花極細小，慘白可憐。——那是不足為奇的，因為地上曾經大被焚燒，自然失了他的肥沃。

「鬼魂們在冷油溫火裡醒來，從魔鬼的光輝中看見地獄小花，慘白可憐，被大蠱惑，倏忽間記起人世，默想至不知幾多年，遂同時向著人間，發一聲反獄的絕叫。

「人類便應聲而起，仗義執言，與魔鬼戰鬥。戰聲遍滿三界，遠過雷霆。終於運大謀略，布大網羅，使魔鬼並且不得不從地獄出走。最後的勝利，是地獄門上也豎了人類的旌旗！

「當鬼魂們一齊歡呼時，人類的整飭地獄使者已臨地獄，坐在中央，用了人類的威嚴，叱吒一切鬼眾。

「當鬼魂們又發一聲反獄的絕叫時，即已成爲人類的叛徒，得到永劫沉淪的罰，遷入劍樹林的中央。

「人類於是完全掌握了主宰地獄的大威權，那威棱且在魔鬼以上。人類於是整頓廢弛，先給牛首阿旁⑥以最高的俸草；而且，添薪加火，磨礪刀山，使地獄全體改觀，一洗先前頹廢的氣象。

「曼陀羅花立即焦枯了。油一樣沸；刀一樣銛；火一樣熱；鬼眾一樣呻吟，一樣宛轉，至於都不暇記起失掉的好地獄。

「這是人類的成功，是鬼魂的不幸……。

「朋友，你在猜疑我了。是的，你是人！我且去尋野獸和惡鬼……。」

一九二五年六月十六日

注釋

①本篇最初發表於一九二五年六月二十二日《語絲》周刊第三十二期。作者在《〈野草〉英文譯本序》裡曾說：「但這地獄也必須失掉。這是由幾個有雄辯和辣手，而那時還未得志的英雄們的臉色

和語氣所告訴我的。我於是作《失掉的好地獄》。」寫作本篇一個多月前，作者在概括辛亥革命後軍閥混戰給廣大人民帶來的深重災難時，也曾指出：「稱爲神的和稱爲魔的戰鬥了，並非爭奪天國，而在要得地獄的統治權。所以無論誰勝，地獄至今也還是照樣的地獄。」（《集外集・雜語》）可參看。

②**醉心的大樂**　使人沉醉的音樂。這裡的「大」和下文的「大威權」、「大火聚」等詞語中的「大」，都是模仿古代漢譯佛經的語氣。

③**三界**　這裡指天國、人間、地獄。

④**劍樹**　佛教宣揚的地獄酷刑。《太平廣記》卷三八二引《冥報拾遺》：「至第三重門，入見鑊湯及刀山劍樹。」

⑤**曼陀羅花**　曼陀羅，亦稱「風茄兒」，茄科，一年生有毒草本。佛經說，曼陀羅花白色而有妙香，花大，見之者能適意，故也譯作適意花。

⑥**牛首阿旁**　佛教傳說中地獄裡牛頭人身的鬼卒。

墓碣文①

我夢見自己正和墓碣②對立，讀著上面的刻辭。那墓碣似是沙石所製，剝落很多，又有苔蘚叢生，僅存有限的文句——

……於浩歌狂熱之際中寒；於天上看見深淵。於一切眼中看見無所有；於無所希望中得救。……

……有一游魂，化爲長蛇，口有毒牙。不以嚙人，自嚙其身，終以殞顛③。……

……離開！……

我繞到碣後，才見孤墳，上無草木，且已頹壞。即從大闕口中，窺見死屍，胸腹俱破，中無心肝。而臉上卻絕不顯哀樂之狀，但濛濛如煙然。

我在疑懼中不及回身，然而已看見墓碣陰面的殘存的文句——

……抉心自食，欲知本味。創痛酷烈，本味何能知？……

……痛定之後，徐徐食之。然其心已陳舊，本味又何由知？……

……答我。否則，離開！……

我就要離開。而死屍已在墳中坐起，口唇不動，然而說——

「待我成塵時，你將見我的微笑！」

我疾走，不敢反顧，生怕看見他的追隨。

一九二五年六月十七日

注釋

①本篇最初發表於一九二五年六月二十二日《語絲》周刊第三十二期。作者在文中通過一個夢境，描寫了墓中人內心的虛無與灰暗，以及意欲認識和擺脫這種心境而不能的焦灼和痛楚。最後以「我疾走，不敢反顧」來表示對這種思想情緒的否定。它在一定程度上表現了作者當時深刻的思想苦悶和嚴格進行自我解剖的精神。

②**墓碣**　圓頂的墓碑。

③**殞顛**　死亡。

頹敗線的顫動①

我夢見自己在做夢。自身不知所在，眼前卻有一間在深夜中緊閉的小屋的內部，但也看見屋上瓦松②的茂密的森林。

板桌上的燈罩是新拭的，照得屋子裡分外明亮。在光明中，在破榻上，在初不相識的披毛的強悍的肉塊底下，有瘦弱渺小的身軀，爲飢餓，苦痛，驚異，羞辱，歡欣而顫動。弛緩，然而尚且豐腴的皮膚光潤了；青白的兩頰泛出輕紅，如鉛上塗了胭脂水。

燈火也因驚懼而縮小了，東方已經發白。

然而空中還瀰漫地搖動著飢餓，苦痛，驚異，羞辱，歡欣的波濤……。

「媽！」約略兩歲的女孩被門的開闔聲驚醒，在草蓆圍著的屋角的地上叫起來了。

「還早哩，再睡一會罷！」她驚惶地說。

「媽！我餓，肚子痛。我們今天能有什麼吃的？」

「我們今天有吃的了。等一會有賣燒餅的來，媽就買給你。」她欣慰地更加緊捏著掌中的小銀片，低微的聲音悲涼地發抖，走近屋角去一看她的女兒，移開草蓆，抱起來放在破榻上。

「還早哩，再睡一會罷。」她說著，同時抬起眼睛，無可告訴地一看破舊的屋頂以上的天空。

空中突然另起了一個很大的波濤，和先前的相撞擊，回旋而成漩渦，將一切並我盡行淹沒，口鼻都不能呼吸。

我呻吟著醒來，窗外滿是如銀的月色，離天明還很遼遠似的。

我自身不知所在，眼前卻有一間在深夜中緊閉的小屋的內部，我自己知道是在續著殘夢。可是夢的年代隔了許多年了。屋的內外已經這樣整齊；裡面是青年的夫妻，一群小孩子，都怨恨鄙夷地對著一個垂老的女人。

「我們沒有臉見人，就只因爲你，」男人氣憤地說。「你還以爲養大了她，其實正是害苦了她，倒不如小時候餓死的好！」

「使我委屈一世的就是你！」女的說。

「還要帶累了我！」男的說。

「還要帶累他們哩！」女的說，指著孩子們。

最小的一個正玩著一片乾蘆葉，這時便向空中一揮，彷彿一柄鋼刀，大聲說道：

「殺！」

那垂老的女人口角正在痙攣，登時一怔，接著便都平靜，不多時候，她冷靜地，骨立的石像似的站起來了。她開開板門，邁步在深夜中走出，遺棄了背後一切的冷罵和毒笑。

她在深夜中盡走，一直走到無邊的荒野；四面都是荒野，頭上只有高天，並無一個蟲鳥飛過。她赤身露體地，石像似的站在荒野的中央，於一刹那間照見過往的一切：飢餓，苦痛，驚異，羞辱，歡欣，於是發抖；害苦，委屈，帶累，於是痙攣，殺，於是平靜。……又於一刹那間將一切並合：眷念與決絕，愛撫與復仇，養育與殲除，祝福與咒詛……。她於是舉兩手盡量向天，口唇間漏出人與獸的，非人間所有，所以無詞的言語。

當她說出無詞的言語時，她那偉大如石像，然而已經荒廢的，頹敗的身軀的全面都顫動了。這顫動點點如魚鱗，每一鱗都起伏如沸水在烈火上；空中也即刻一同振顫，彷彿暴風雨中的荒海的波濤。

她於是抬起眼睛向著天空，並無詞的言語也沉默盡絕，惟有顫動，輻射若太陽光，使空中的波濤立刻回旋，如遭颶風，洶湧奔騰於無邊的荒野。

我夢魘了，自己卻知道是因爲將手擱在胸脯上了的緣故；我夢中還用盡平生之力，要將這十分沉重的手移開。

一九二五年六月二十九日

注釋

①本篇最初發表於一九二五年七月十三日《語絲》周刊第三十五期。

②瓦松　又名「向天草」或「昨葉荷草」。叢生在瓦縫中，葉針狀，初生時密集短莖上，遠望如松樹，故名。

立論①

我夢見自己正在小學校的講堂上預備作文，向老師請教立論的方法。

「難！」老師從眼鏡圈外斜射出眼光來，看著我，說。「我告訴你一件事——

「一家人家生了一個男孩，闔家高興透頂了。滿月的時候，抱出來給客人看，——大概自然是想得一點好兆頭。」

「一個說：『這孩子將來要發財的。』他於是得到一番感謝。」

「一個說：『這孩子將來要做官的。』他於是收回幾句恭維。」

「一個說：『這孩子將來是要死的。』他於是得到一頓大家合力的痛打。」

「說要死的必然，說富貴的說謊。但說謊的得好報，說必然的遭打。你……」

「我願意既不謊人，也不遭打。那麼，老師，我得怎麼說呢？」

「那麼，你得說：『啊呀！這孩子呵！您瞧！多麼……。阿唷！哈哈！Hehe!he, hehehehe!』②」

一九二五年七月八日

注釋

①本篇最初發表於一九二五年七月十三日《語絲》周刊第三十五期。

②Hehe!he, hehehehe! 象聲詞，即嘿嘿！嘿，嘿嘿嘿嘿！

死後①

我夢見自己死在道路上。

這是那裡，我怎麼到這裡來，怎麼死的，這些事我全不明白。總之，待到我自己知道已經死掉的時候，就已經死在那裡了。

聽到幾聲喜鵲叫，接著是一陣烏老鴉。空氣很清爽——雖然也帶些土氣息，——大約正當黎明時候罷。我想睜開眼睛來，它卻絲毫也不動，簡直不像是我的眼睛；於是想抬手，也一樣。

恐怖的利鏃忽然穿透我的心了。在我生存時，曾經玩笑地設想：假使一個人的死亡，只是運動神經的廢滅，而知覺還在，那就比全死了更可怕。誰知道我的預想竟的中②了，我自己就在證實這預想。

聽到腳步聲，走路的罷。一輛獨輪車從我的頭邊推過，大約是重載的，軋軋地叫得人心煩，還有些牙齒齼。很覺得滿眼緋紅，一定是太陽上來了。那麼，我的臉是朝東的。但那都沒有什麼關係。切切嚓嚓的人聲，看熱鬧的。他們踹起黃土來，飛進我的鼻孔，使我想打噴嚏了，但終於沒有打，僅有想打的心。

陸陸續續地又是腳步聲，都到近旁就停下，還有更多的低語聲：看的人多起來了。我忽然很想聽聽他們的議論。但同時想，我生存時說的什麼批評不值一笑的話，大概是違心之論罷：才死，就露了破綻了。然而還是聽；然而畢竟得不到結論，歸納起來不過是這樣——

「死了？……」

「嗡。——這……」

「哼！……」

「嘖。……唉！……」

我十分高興，因爲始終沒有聽到一個熟識的聲音。否則，或者害得他們傷心；或則要使他們快意；或則要使他們加添些飯後閑談的材料，多破費寶貴的工夫；這都會使我很抱歉。現在誰也看不見，就是誰也不受影響。好了，總算對得起人了！

但是，大約是一個螞蟻，在我的脊樑上爬著，癢癢的。我一點也不能動，已經沒有除去牠的能力了；倘在平時，只將身子一扭，就能使牠退避。而且，大腿上又爬著一個哩！你們是做什麼的？蟲豸?!

事情可更壞了：嗡的一聲，就有一個青蠅停在我的顴骨上，走了幾步，又一飛，開口便舐我的鼻尖。我懊惱地想：足下，我不是什麼偉人，你無須到我身上來尋做論的材料……。但是不能說出來。牠卻從鼻尖跑下，又用冷舌頭來舐我的嘴唇了，不知道可是表示親愛。還有幾個則聚在眉毛上，跨一步，我的毛根就一搖。實在使我煩厭得不堪，——不堪之至。

忽然，一陣風，一片東西從上面蓋下來，牠們就一同飛開了，臨走時還說——

「惜哉！……」

我憤怒得幾乎昏厥過去。

木材摔在地上的鈍重的聲音同著地面的震動，使我忽然清醒，前額上感著蘆席的條紋。但那蘆席就被掀去了，又立刻感到了日光的灼熱。還聽得有人說——

「怎麼要死在這裡？……」

這聲音離我很近，他正彎著腰罷。但人應該死在那裡呢？我先前以為人在地上雖沒有任意生存的權利，卻總有任意死掉的權利的。現在才知道並不然，也很難適合人們的公意。可惜我久沒了紙筆；即有也不能寫，而且即使寫了也沒有地方發表了。只好就這樣地拋開。

有人來抬我，也不知道是誰。聽到刀鞘聲，還有巡警在這裡罷，在我所不應該「死在這裡」的這裡。我被翻了幾個轉身，便覺得向上一舉，又往下一沉；又聽得蓋了蓋，釘著釘。但是，奇怪，只釘了兩個。難道這裡的棺材釘，是只釘兩個的麼？

我想：這回是六面碰壁，外加釘子。真是完全失敗，嗚呼哀哉了！……

「氣悶！……」我又想。

然而我其實卻比先前已經寧靜得多，雖然知不清埋了沒有。在手背上觸到草席的條紋，覺得這屍衾倒也不惡。只不知道是誰給我花錢的，可惜！但是，可惡，收斂的小子們！我背後的小衫的一角皺起來了，他們並不給我拉平，現在抵得我很難受。你們以為死人無知，做事就這樣地草率麼？

哈哈！

我的身體似乎比活的時候要重得多，所以壓著衣皺便格外的不舒服。但我想，不久就可以習慣的；或者就要腐爛，不至於再有什麼大麻煩。此刻還不如靜靜地靜著想。

「您好？您死了麼？」

是一個頗爲耳熟的聲音。睁眼看時，卻是勃古齋舊書鋪的跑外的小伙計。不見約有二十多年了，倒還是那一副老樣子。我又看看六面的壁，委實太毛糙，簡直毫沒有加過一點修刮，鋸絨還是毛毿毿的。

「那不礙事，那不要緊。」他說，一面打開暗藍色布的包裹來。「這是明版《公羊傳》③，嘉靖黑口本④，給您送來了。您留下它罷。這是……。」

「你！」我詫異地看定他的眼睛，說，「你莫非真正胡塗了？你看我這模樣，還要看什麼明版？……」

「那可以看，那不礙事。」

我即刻閉上眼睛，因爲對他很煩厭。停了一會，沒有聲息，他大約走了。但是似乎一個螞蟻又在脖子上爬起來，終於爬到臉上，只繞著眼眶轉圈子。

萬不料人的思想，是死掉之後也還會變化的。忽而，有一種力將我的心的平安衝破；同時，許多夢也都做在眼前了。幾個朋友祝我安樂，幾個仇敵祝我滅亡。我卻總是既不安樂，也不滅亡地不上不下地生活下來，都不能符任何一面的期望。現在又影一般死掉了，連仇敵也不使知道，不肯贈給他們一點惠而不費的歡欣。……

我覺得在快意中要哭出來。這大概是我死後第一次的哭。

然而終於也沒有眼淚流下；只看見眼前彷彿有火花一閃，我於是坐了起來。

一九二五年七月十二日

注釋

①本篇最初發表於一九二五年七月二十日《語絲》周刊第三十六期。

②**的中**　射中靶子。

③**明版《公羊傳》**　即《春秋公羊傳》（又作《公羊春秋》）的明代刻本。《公羊傳》是一部闡釋《春秋》的書。相傳爲周末齊國人公羊高所作。在木刻書中，明版是比較名貴的。

④**嘉靖黑口本**　我國線裝書籍，書頁中間折疊的直縫叫做「口」。「口」有「黑口」「白口」的分別：折縫上下端有黑線的叫做「黑口」，沒有黑線的叫做「白口」。嘉靖（1522-1566），明世宗的年號。

這樣的戰士①

要有這樣的一種戰士——

已不是蒙昧如非洲土人而背著雪亮的毛瑟槍的；也並不疲憊如中國綠營兵而卻佩著盒子炮②。他毫無乞靈於牛皮和廢鐵的甲冑；他只有自己，但拿著蠻人所用的，脫手一擲的投槍。

他走進無物之陣，所遇見的都對他一式點頭。他知道這點頭就是敵人的武器，是殺人不見血的武器，許多戰士都在此滅亡，正如炮彈一般，使猛士無所用其力。

那些頭上有各種旗幟，繡出各樣好名稱：慈善家，學者，文士，長者，青年，雅人，君子……。頭下有各樣外套，繡出各式好花樣：學問，道德，國粹，民意，邏輯，公義，東方文明③……。

但他舉起了投槍。

他們都同聲立了誓來講說，他們的心都在胸膛的中央，和別的偏心的人類兩樣。他們都在胸前放著護心鏡④，就為自己也深信心在胸膛中央的事作證。

但他舉起了投槍。

他微笑，偏側一擲，卻正中了他們的心窩。

一切都頹然倒地；——然而只有一件外套，其中無物。無物之物已經脫走，得了勝利，因為他這時成了戕害慈善家等類的罪人。

但他舉起了投槍。

他在無物之陣中大踏步走，再見一式的點頭，各種的旗幟，各樣的外套……。

但他舉起了投槍。

他終於在無物之陣中老衰，壽終。他終於不是戰士，但無物之物則是勝者。

在這樣的境地裡，誰也不聞戰叫：太平。

太平……。

但他舉起了投槍！

一九二五年十二月十四日

注釋

①本篇最初發表於一九二五年十二月二十一日《語絲》周刊第五十八期。作者在《〈野草〉英文譯本序》裡說：「《這樣的戰士》，是有感於文人學士們幫助軍閥而作。」

②毛瑟槍　指德國機械師毛瑟弟兄在十九世紀七十年代設計製造的一種單發步槍，是當時比較先進的武器。下文的綠營兵，一作綠旗兵。清朝兵制：除正黃、正白、正紅、正藍、鑲黃、鑲白、鑲紅、

鑲藍等「八旗兵」（以滿族人為主）外，又另募漢人編成軍隊，旗幟採用綠色，叫做綠旗兵。清代中葉以後，綠營兵漸趨衰敗，終被裁廢。

盒子炮，即駁殼槍，手槍的一種，外有特製的木盒，故名。

③**東方文明**　五四運動前後，帝國主義者和封建復古主義者鼓吹的反動口號之一，目的在於維護我國的封建道德和封建文化，反對近代科學文明和民主改革。

④**護心鏡**　古代戰衣胸前部位鑲嵌的金屬圓片，用以保護胸膛。

聰明人和傻子和奴才①

奴才總不過是尋人訴苦。只要這樣，也只能這樣。有一日，他遇到一個聰明人。

「先生！」他悲哀地說，眼淚聯成一線，就從眼角上直流下來。「你知道的。我所過的簡直不是人的生活。吃的是一天未必有一餐，這一餐又不過是高粱皮，連豬狗都不要吃的，尚且只有一小碗……。」

「這實在令人同情。」聰明人也慘然說。

「可不是麼！」他高興了。「可是做工是晝夜無休息的：清早擔水晚燒飯，上午跑街夜磨麵，晴洗衣裳雨張傘，冬燒汽爐夏打扇。半夜要煨銀耳，侍候主人耍錢；頭錢②從來沒分，有時還挨皮鞭……。」

「唉唉……。」聰明人嘆息著，眼圈有些發紅，似乎要下淚。

「先生！我這樣是敷衍不下去的。我總得另外想法子。可是什麼法子呢？……」

「我想，你總會好起來……。」

「是麼？但願如此。可是我對先生訴了冤苦，又得你的同情和慰安，已經舒坦得不少了。可見天理沒有滅絕……。」

但是，不幾日，他又不平起來了，仍然尋人去訴苦。

「先生！」他流著眼淚說，「你知道的。我住的簡直比豬窠還不如。主人並不將我當人；他對他的叭兒狗還要好到幾萬倍……。」

「混帳！」那人大叫起來，使他吃驚了。那人是一個傻子。

「先生，我住的只是一間破小屋，又溼、又陰，滿是臭蟲，睡下去就咬得真可以。穢氣沖著鼻子，四面又沒有一個窗……。」

「你不會要你的主人開一個窗的麼？」

「這怎麼行？……」

「那麼，你帶我去看去！」

傻子跟奴才到他屋外，動手就砸那泥牆。

「先生！你幹什麼？」他大驚地說。

「我給你打開一個窗洞來。」

「這不行！主人要罵的！」

「管他呢！」他仍然砸。

「人來呀！強盜在毀咱們的屋子了！快來呀！遲一點可要打出窟窿來了！……」他哭嚷著，在地上團團地打滾。

一群奴才都出來了，將傻子趕走。

聽到了喊聲，慢慢地最後出來的是主人。

「有強盜要來毀咱們的屋子，我首先叫喊起來，大家一同把他趕走了。」他恭敬而得勝地說。

「你不錯。」主人這樣誇獎他。

這一天就來了許多慰問的人，聰明人也在內。

「先生。這回因爲我有功，主人誇獎了我了。你先前說我總會好起來，實在是有先見之明……。」他大有希望似的高興地說。

「可不是麼……。」聰明人也代爲高興似的回答他。

一九二五年十二月二十六日

注釋

①本篇最初發表於一九二六年一月四日《語絲》周刊第六十期。

②**頭錢**　舊社會裡提供賭博場所的人向參與賭博者抽取一定數額的錢，叫做頭錢，也稱「抽頭」。侍候賭博的人，有時也可從中分得若干。

臘葉①

燈下看《雁門集》②，忽然翻出一片壓乾的楓葉來。

這使我記起去年的深秋。繁霜夜降，木葉多半凋零，庭前的一株小小的楓樹也變成紅色了。我曾繞樹徘徊，細看葉片的顏色，當他青蔥的時候是從沒有這麼注意的。他也並非全樹通紅，最多的是淺絳，有幾片則在緋紅地上，還帶著幾團濃綠。一片獨有一點蛀孔，鑲著烏黑的花邊，在紅、黃和綠的斑駁中，明眸似的向人凝視。我自念：這是病葉呵！便將他摘了下來，夾在剛才買到的《雁門集》裡。大概是願使這將墜的被蝕而斑斕的顏色，暫得保存，不即與群葉一同飄散罷。

但今夜他卻黃蠟似的躺在我的眼前，那眸子也不復似去年一般灼灼。假使再過幾年，舊時的顏色在我記憶中消去，怕連我也不知道他何以夾在書裡面的原因了。將墜的病葉的斑斕，似乎也只能在極短時中相對，更何況是蔥鬱的呢。看看窗外，很能耐寒的樹木也早經禿盡了；楓樹更何消說得。當深秋時，想來也許有和這去年的模樣相似的病葉的罷，但可惜我今年竟沒有賞玩秋樹的餘閑。

一九二五年十二月二十六日

注釋

①本篇最初發表於一九二六年一月四日《語絲》周刊第六十期。作者在《〈野草〉英文譯本序》裡說：「《臘葉》，是爲愛我者的想要保存我而作的。」又，許廣平在《因校對〈三十年集〉而引起的話舊》一文裡說，「在《野草》中的那篇《臘葉》，那假設被摘下來夾在《雁門集》裡的斑駁的楓葉，就是自況的」。均可參看。

②《雁門集》 元代薩都剌（1272-？）所著詩詞集。薩氏世居山西雁門，故名。

淡淡的血痕中①

——紀念幾個死者和生者和未生者

目前的造物主，還是一個怯弱者。

他暗暗地使天變地異，卻不敢毀滅這一個地球；暗暗地使生物衰亡，卻不敢長存一切屍體；暗暗地使人類流血，卻不敢使血色永遠鮮濃；暗暗地使人類受苦，卻不敢使人類永遠記得。

他專爲他的同類——人類中的怯弱者——設想，用廢墟荒墳來襯托華屋，用時光來沖淡苦痛和血痕；日日斟出一杯微甘的苦酒，不太少，不太多，以能微醉爲度，遞給人間，使飲者可以哭，可以歌，也如醒，也如醉，若有知，若無知，也欲死，也欲生。他必須使一切也欲生；他還沒有滅盡人類的勇氣。

幾片廢墟和幾個荒墳散在地上，映以淡淡的血痕，人們都在其間咀嚼著人我的渺茫的悲苦。但是不肯吐棄，以爲究竟勝於空虛，各各自稱爲「天之僇民」②，以作咀嚼著人我的渺茫的悲苦的辯解，而且悚息著靜待新的悲苦的到來。新的，這就使他們恐懼，而又渴欲相遇。

這都是造物主的良民。他就需要這樣。

叛逆的猛士出於人間；他屹立著，洞見一切已改和現有的廢墟和荒墳，記得一切深廣和久遠的苦痛，正視一切重疊淤積的凝血，深知一切已死，方生，將生和未生。他看透了造化的把戲；他將要起來使人類甦生，或者使人類滅盡，這些造物主的良民。

造物主，怯弱者，羞慚了，於是伏藏。天地在猛士的眼中於是變色。

一九二六年四月八日

注釋

①本篇最初發表於一九二六年四月十九日《語絲》周刊第七十五期。作者在《〈野草〉英文譯本序》中說：「段祺瑞政府槍擊徒手民眾後，作《淡淡的血痕》」。

②「天之僇民」　語出《莊子・大宗師》。僇，原作戮。僇民，受刑戮的人、罪人。

一覺①

飛機負了擲下炸彈的使命，像學校的上課似的，每日上午在北京城上飛行②。每聽得機件搏擊空氣的聲音，我常覺到一種輕微的緊張，宛然目睹了「死」的襲來，但同時也深切地感著「生」的存在。

隱約聽到一二爆發聲以後，飛機嗡嗡地叫著，冉冉地飛去了。也許有人死傷了罷，然而天下卻似乎更顯得太平。窗外的白楊的嫩葉，在日光下發烏金光；榆葉梅也比昨日開得更爛漫。收拾了散亂滿床的日報，拂去昨夜聚在書桌上的蒼白的微塵，我的四方的小書齋，今日也依然是所謂「窗明几淨」。

因爲或一種原因，我開始編校那歷來積壓在我這裡的青年作者的文稿了；我要全都給一個清理。我照作品的年月看下去，這些不肯塗脂抹粉的青年們的魂靈便依次屹立在我眼前。他們是綽約的，是純真的，——啊，然而他們苦惱了，呻吟了，憤怒，而且終於粗暴了，我的可愛的青年們！

魂靈被風沙打擊得粗暴，因爲這是人的魂靈，我愛這樣的魂靈；我願意在無形無色的鮮血淋漓的粗暴上接吻。縹緲的名園中，奇花盛開著，紅顏的靜女正在超然無事地逍遙，鶴唳一聲，白雲郁然而起……。這自然使人神往的罷，然而我總記得我活在人間。

我忽然記起一件事：兩三年前，我在北京大學的教員預備室裡，看見進來了一個並不熟識的青年，默默地給我一包書，便出去了，打開看時，是一本《淺草》③。就在這默默中，使我懂得了許多話。啊，這贈品是多麼豐饒啊！可惜那《淺草》不再出版了，似乎只成了《沉鐘》④的前身。那《沉鐘》就在這風沙澒洞中，深深地在人海的底裡寂寞地鳴動。

野薊經了幾乎致命的摧折，還要開一朵小花，我記得托爾斯泰曾受了很大的感動，因此寫出一篇小說來⑤。但是，草木在旱乾的沙漠中間，拚命伸長他的根，吸取深地中的水泉，來造成碧綠的林莽，自然是為了自己的「生」的，然而使疲勞枯渴的旅人，一見就怡然覺得遇到了暫時息肩之所，這是如何的可以感激，而且可以悲哀的事?!

《沉鐘》的《無題》——代啓事——說：「有人說：我們的社會是一片沙漠。——如果當真是一片沙漠，這雖然荒漠一點也還靜肅；雖然寂寞一點也還會使你感覺蒼茫。何至於像這樣的混沌，這樣的陰沉，而且這樣的離奇變幻！」

是的，青年的魂靈屹立在我眼前，他們已經粗暴了，或者將要粗暴了，然而我愛這些流血和隱痛的魂靈，因為他使我覺得是在人間，是在人間活著。

在編校中夕陽居然西下，燈火給我接續的光。各樣的青春在眼前一一馳去了，身外但有黃昏環繞。我疲勞著，捏著紙煙，在無名的思想中靜靜地合了眼睛，看見很長的夢。忽而驚覺，身外也還是環繞著昏黃；煙篆⑥在不動的空氣中上升，如幾片小小夏雲，徐徐幻出難以指名的形象。

一九二六年四月十日

注釋

①本篇最初發表於一九二六年四月十九日《語絲》周刊第七十五期。作者在《〈野草〉英文譯本序》中說：「奉天派和直隸派軍閥戰爭的時候，作《一覺》」。

②一九二六年四月，馮玉祥的國民軍和奉系軍閥張作霖、李景林所部作戰期間，國民軍駐守北京，奉軍飛機曾多次飛臨轟炸。

③**《淺草》**　文藝季刊，淺草社編，一九二三年三月在北京創刊，在上海印刷出版。共出四期，一九二五年二月停刊。主要作者有林如稷、馮至、陳煒謨、陳翔鶴等。

④**《沉鐘》**　文藝刊物，沉鐘社編，一九二五年十月在北京創刊。初爲周刊，出十期。一九二六年八月改爲半月刊，次年一月出至第十二期休刊，一九三二年十月復刊；一九三四年二月出至第三十四期停刊。主要作者除淺草社同人外尚有楊晦等。

⑤指俄國作家列夫·托爾斯泰（Л.H.Torcton, 1828-1910）的中篇小說《哈澤·穆拉特》。野薊，即牛蒡花，菊科，草本植物。在《哈澤·穆拉特》序曲開始處，作者描寫了有著頑強生命力的牛蒡花，以象徵小說主人公哈澤·穆拉特。

⑥**煙篆**　燃著的紙煙的煙縷，彎曲上升，好似筆劃圓曲的篆字（我國古代的一種字體）。

附錄

附錄一

《野草》與魯迅

李歐梵

一、魯迅的幼年（一八八一—一八九六）

在《野草》書中提到：魯迅有一天夢見自己死在道路上，全身僵硬，不得動彈，一個螞蟻，在他的脊梁上爬著，癢癢地；一隻青蠅停在他的顴骨上，並且開口在舐他的鼻尖，這位「紹興師爺」終於懊惱了，不禁想道：「足下，我不是什麼偉人，你無須到我身上來尋做論的材料。」①

魯迅逝世已有三十多年，爲他「做論」的不知凡幾，舉凡正傳、評傳、頌傳、回憶錄、札記、研究、年譜、手冊等等，充斥坊間，似乎全然不顧當年魯迅自己的吩咐：「我是不寫自傳也不熱心於別人給我作傳的，因爲一生太平凡，倘使這樣的也可以做傳，那麼，中國一下子可以有四萬萬部傳記，真可塞破圖書館。」②

魯迅的一生看似平凡，其實很不平凡，但是爲他做傳的人似乎並非著眼於他「平凡」的一生，而是爲了要發揚他的「精神」，奉爲民主的鬥士、青年的導師、革命的偉人，把他的著作視爲經典，吹噓他對於身外社會上惡勢力的搏鬥，讚揚他爲「左聯」成立及發展的功勞。也有人罵他尖酸毒辣，諷其雜文為紹興師爺的刀筆，說他亂打落水狗，毫無「費厄潑賴」（fairplay）可言③。

這兩派於一褒一貶之餘，似乎完全忽略了魯迅一生在內心上的煎熬和掙扎。他們斤斤計較於魯迅在政治和社會上的態度，卻把他內心中光明與黑暗勢力的消長一筆帶過，稱之為「虛無」。如果魯迅不死，他可能還會重複當年對馮雪峰說的一句話：「批評家觸到我的痛處的還沒有。④」

可惜魯迅已經死了三十多年，三十多年來，滄海桑田，上海文壇的喧囂熙嚷，早已時過境遷。上一代的人可能仍顧慮到個人的恩怨，但是下一代的人，本來置身於度外，理應客觀一點，下點功夫為魯迅做一點「內傳」，探索一下他的「靈魂」。魯迅的屍體現在早已成塵，但他生前「嗜」鬼，我們在他的「靈魂」上找做論的材料，庶幾或可與他的「鬼魂」求得一息相通，也許可以抓到他的幾點癢處或痛處。

本文僅就魯迅一生中內心奮鬥的過程，提出幾點初步探討的意見，純為拋磚引玉，希望各名家高手，於今後的幾年中寫出一本完備而有深度的「內傳」來，不再做考證、閒談，或罵街的功夫。

如果魯迅要為自己做傳，所寫的可能也是內傳，因他時常解剖自己：「我的確時時解剖別人，然而更多的是無情面的解剖我自己，發表一點，酷愛溫暖的人物已經覺得冷酷了，如果全露出我的血肉來，末路正不知要到怎樣。」⑤

為什麼別人往往認為魯迅「冷酷」？為什麼魯迅自己不願意露出他全部的「心血」？為什麼他的日記讀起來乾燥無味如流水賬？為什麼在五四當年，浪漫主義風熾，各作家群起傾訴自己的愛情痛苦的時候，魯迅卻要寫打油詩諷刺，並且發表其不成爲情書的《兩地書》？爲了解他這一個「結」，我們勢必先從他的幼年說起。

魯迅胞弟周作人，曾以周遐壽的筆名寫過兩本書，一爲《魯迅的故家》，一爲《魯迅小說裡的人物》，皆爲珍貴的史料。據周作人的記載，周家各族分數「房」而居，計有致、中、和三房，致房下又分智、仁、勇三房，智房下再分興、立、誠三房⑥。魯迅於一八八一年生於興房，但此房毫無「興」意可言，在一八九三年魯迅十二歲時，祖父介孚公因涉嫌科舉時爲人送紅包，被捕入獄，家道中衰⑦，這是盡人皆知的事。但周家雖漸趨式微，其士大夫書香世家的「排場」仍存，各房各廳，各門各戶，仍舊井然有序。魯迅有一度回家居住，也是生活在這一種書香氣氛中，雖然時而與農民子弟如閏土玩耍，甚至到野地去偷西瓜，平時魯迅還是循規蹈矩的。他六歲即受啓蒙，入私塾從叔祖玉田先生讀鑑略，一直成績優異，是一個典型的小士大夫。

《朝華夕拾》是魯迅回憶兒時的一本文集，內中有幾篇文章，頗足回味，也值得爲魯迅作「內傳」的史家仔細研究。其中一篇是《從百草園到三味書屋》，所敘述的是魯迅童年日常生活的兩個世界。「百草園」是他的遊樂場，園中各樹雜陳，並有昆蟲鳥獸——如鳴蟬、黃蜂、叫天子（雲雀）、油蛉、蟋蟀、蜈蚣、斑蝥等——出入其間。這個園子，有它光明的一面，也有它黑暗的一面，我們不難想像它經久失修的陰森氣象，據說園內有一條赤練蛇，「這是人首蛇身的怪物，能喚人名，倘一答應，夜間便要來吃這人的肉的。⑧」魯迅雖然膽大，但對於這種鬼怪故事，幼小的心靈是不易忘懷的：「這故事使我覺得做人之險，夏夜乘涼，往往有些耽心，不敢去看牆上。⑨」

「三味書屋」是魯迅兒時讀書的世界，和當時一般兒童一樣，魯迅對於這個典型的私塾是沒有什麼太大的興趣的，跟著老師死背似懂非懂的「仁遠乎哉！我欲仁，斯仁至矣。」孩子們倒寧願溜到後花園去「折臘梅花」，「在地上或桂花樹上尋蟬蛻」，或是「捉蒼蠅餵螞蟻。」⑩

從歷史的眼光來看，「三味書屋」和「百草園」也象徵著中國傳統文化的兩個世界，且借用社會學家雷德裴（Robert Redfield）的概念，「三味書屋」所代表的是中國文化上的「大傳統」（Great Tradition），所揭櫫的是四書五經，是儒家自孔、孟、荀以至於宋明諸儒的一貫之「道」，爲學要熟讀經、史、子、集，爲文要先學唐宋八大家。然而到了晚清餘緒，「書屋」中所課的不外乎科舉八股之文，爲了以後升官發財奠一個基礎。魯迅成年後，對於這一個「大傳統」深惡痛絕，他所研究的學問，多少也不侷限於這個「大傳統」範疇之內，如中國小說，本不登大雅之堂；又如魏晉文章，也非儒家傳統，而滲有濃厚的道家意味。

「百草園」所象徵的是另一個世界，所謂的「小傳統」（Little Tradition），是「書屋」以外的天堂。在這個世界中，魯迅所接觸的是大自然以及由大自然而引起的民間風俗習慣、傳聞臆說，甚而至於邪教異端。這一個「小」世界，魯迅是喜歡的，我們可以從《朝華夕拾》的其他幾篇文章中看得出來，諸如：《五猖會》、《無常》、《阿長與山海經》。《徬徨》集中的《社戲》、《且介亭雜文》集中的《女吊》，也是屬於「小傳統」的文章。魯迅作品中的這個「小傳統」，有一個特色：就是充滿了神仙鬼怪，魑魅魍魎。我們可以再從《朝華夕拾》中得到不少印證。

《阿長與山海經》是《朝華夕拾》中一篇趣味雋永的文章，在文中，魯迅回憶他當年的「長媽媽」如何向他灌輸「長毛」（太平軍）殺人的故事，說那些殺人不眨眼的長毛們，如何「將一個圓圓的東西擲了過來，還帶著一條小辮子，正是那門房的頭。」⑪除了講這些血淋淋的故事之外，阿長又為魯迅買了一部繪圖的《山海經》，上面畫著「人面的獸，九頭的蛇，三腳的鳥，生著翅膀的人，沒有頭而以兩乳當作眼睛的怪物……。」⑫魯迅很喜歡這些怪物，甚至於「念念不忘」，有時還能夠依樣畫葫蘆，把一些奇形怪狀的鬼物描繪出來，這也是魯迅自幼用「荊川紙」繪像所練出來的功力。⑬

除了阿長的鬼故事，《山海經》內的鬼畫，和「百草園」中的鬼怪以外，魯迅自己還喜歡看「鬼」戲，甚至親自扮演「小鬼」。《徬徨》集中的《社戲》一文，就充分表現了魯迅對於民間戲曲的興趣。紹興一帶常演的一齣戲是「目蓮救母」，又是與地獄鬼怪有關的，魯迅幼時看「社戲」的興頭十足，可以一直從黃昏看到天亮。在《女吊》一文中，他並且提到自己變成「義勇鬼」的事蹟，文筆生動，且錄一段在下面：

「在薄暮中，十幾匹馬，站在台下了，戲子扮好一個鬼王，藍面鱗紋，手執鋼叉，還得有十幾名鬼卒，則普通的孩子，都可以應募。我在十餘歲的時候，就曾經充過這樣的義勇鬼，爬上台去，說明志願，他們就給我在臉上塗上幾筆彩色，交付一柄鋼叉待到有十多人了即一擁上馬。疾馳到野外的許多無主孤墳墓上，環繞三匝，下馬大叫，將鋼叉用力的連連刺在墳墓上，然後扳叉馳回，上了前台，一同大叫一聲，將鋼叉一擲，釘在台板上。我們的責任，這就算完結，洗臉下台，可以回家了。」⑭

這些民間的「小傳統」，本來沒有什麼可怖，魯迅甚而得到許多美感上的享受，譬如在同文中對於《女吊》的描寫，就是一幅極美的「人像畫」：

自然先有悲涼的喇叭；少頃，門幕一掀，她出場了。大紅衫子，黑色長背心，長髮蓬鬆，頸掛兩條紙錠，垂頭、垂手，彎彎曲曲的走了一個全台……

她將披著的頭髮向後一抖，人這才看清了臉孔；石灰一樣白的圓臉，漆黑的濃眉，烏黑的眼眶，猩紅的嘴唇……假使半夜之後，在薄暗中遠處隱約著一位這樣的粉面朱唇，就是現在的我也許會跑過去看看的，但自然卻未必就被誘惑得上吊。⑮

魯迅對於神仙鬼怪的嚮往和迷戀，已故世的夏濟安先生曾用英文寫過一篇論文詳細討論過，題目叫做《魯迅心中黑暗勢力的幾面》（Aspects of the Power of Darkness in Lu-Hsun）⑯，夏先生認為魯迅心目中的「黑暗勢力」主要有三面：鬼怪、死亡、和靈魂。夏先生特別提到他的《野草集》，推之爲魯迅文學創作的精華，因爲該書各文所描寫的多是魯迅心靈中黑暗的一面，是一種夢境，內中幾篇文章甚至敲開了「潛意識」之門，因而使魯迅的文學作品增添了一層「現代」（Modern）的色彩。夏先生爲文，主要是從文學的觀點出發；本文且從歷史傳記的立場，進一步討論這種「黑暗勢力」與魯迅幼年心理的關係，以及它在魯迅一生的心路歷程中所扮演的角色。

前面說過，魯迅幼時在社戲台上看到或由傭人口中聽到的鬼故事，都可說是「小傳統」的一面，魯迅對於鬼怪的興趣，也可以證明他對於「小傳統」的興趣。然而，「大傳統」和「小傳統」卻並非互相對立，不相往來的。民間的戲曲、祭祀，以及對於各種山川鬼怪的傳說，雖有不少佛、道的因素，也常常帶有儒家修身齊家的道理。譬如勸人爲「善」的「善」事，如孝順雙親，貞節自持，或精忠報國，都是儒家——也就是「大傳統」——範疇內的道德，但這種道德意識，卻被「小傳統」加以通俗化，譬如「善有善報」；行儒家之「善」，可結「善果」，在來世中不再受罪，這就成了「小傳統」民間佛教的說法。魯迅對於這一個問題，頗費了一番腦筋，也頗經過一番內心的煎熬。他喜歡「小傳統」中的趣味、幽默，以及在文學上和美術上的效果，但是他並不一定喜歡其中的儒家道德，因此，魯迅的筆調在《朝華夕拾》中顯得溫文雋永，但在《狂人日記》中卻是憤激誇張。中國傳統禮教之「吃人」也可以說是由於「大傳統」對於「小傳統」不良影響的結果，必須徹底除之，才能夠拯救後代，使他們不再遭受同樣的迫害。與《狂人日記》同時的《阿Q正傳》，也表現了類似的想法，阿Q雖然是「工農大眾」出身，但絕不是「民主鬥士」的模型，因為阿Q所代表的思想形態，事實上是一種最腐敗的士大夫思想⑰，也可以說是「大傳統」中的道德毒素，在一個「小傳統」中的人物——阿Q——身上發揮得淋漓盡致：因循苟且，望風轉舵，「精神勝利」，狂妄自大，貪小便宜，不敢面對外在的挑戰……這些思想和行為的特徵，都是儒家大傳統逐漸頹敗的結果，是孔孟的真精神被明清數百年的鄉愿陋規、典章文物逐漸窒殺的反映，魯迅和「五四」新文化運動時各員大將，對於這些腐朽頹廢的思想，都是一概大加撻伐的。

魯迅內心的煩惱，部分也在於此。他一方面同情農民的心境，喜歡他們的生活方式和風俗習慣，另一方面卻又覺得許多勞苦大眾實在愚妄無知，受到不少「大傳統」的不良影響，所以他最後覺得，要醫治中國人民的「身體」，勢必要先醫治中國人民的「靈魂」。但是這一個決定，並不能完全解除魯迅本人的心理問題，因為他雖傾向於民間的「小傳統」，自己卻是「大傳統」裡面的人，他幼時與民間人士的交往，正和其他書香世家子弟「下放」到鄉間的情形一樣，他們所代表的仍然是「大傳統」，農家子弟如閏土之流，對魯迅這一類的讀書人，多少是存有一種敬畏的心理。而且，從一個歷史的角度看來，「大傳統」對於「小傳統」的影響，也正是破落戶書香子弟「下放」的結果，宋、明時代農民起義中的「軍師」，都是這一類的不得志的讀書人。魯迅自己當然早已看清楚這個問題的癥結，然而使他痛苦的是：他畢竟不能真正與農民打成一片，至多也不過是和家裡的佃農子弟去看看鬼戲，聽老媽子說說鬼故事，或是和幾個野孩子到孤墳上去投投槍而已。在別人眼裡，他永遠是循規蹈矩的「迅哥兒」，永遠是「大傳統」中的讀書人⑱。

魯迅在「小傳統」中所接觸的「黑暗勢力」，雖然並沒有直接對他幼年的心靈上有什麼不良影響，但是卻爲他以後的藝術創作造了型。魯迅內心的「鬼氣」，是這個「小傳統」中的鬼氣，與他在「大傳統」——周家這個士大夫階級的破落戶——中的生活的結晶。魯迅幼年時的家庭生活，可以說是被籠罩在另一種「黑暗勢力」的陰影之下——疾病和死亡——一個真正黑暗、可怕，而且可悲的大勢力。

一個沒落世家的住宅：斷垣殘瓦，拱門下環道上的青苔，後花園裡的野草，已經帶有不少肅殺陰森的氣氛，而住在這個大家族裡的遠房近親，也使魯迅幼小的心靈受更多的陰影。魯迅的遠房祖叔「子京」就是一個例子，這個窮途潦倒而仍作白日夢想掘金致富的敗家子，最後死於內疚和瘋癲，周作人有頗爲詳細的記述：

他的發狂有過多次，大抵是在半夜裡首先自責，厲聲説不肖子孫，隨後自己打嘴巴，用前額在牆上碰……末了一次，在塔子橋的惜字禪院坐廟頭館的時候，又發了狂，最初照例掌頰碰頭，再用剪刀戳傷氣管及前胸，又把稻草灑洋油點火，自己伏在上面，口稱好爽快，末後從橋上投入河內，大叫道「老牛落水了。」⑲

子京的死，是一個「大傳統」文化中的失敗者自慚形愧的死，科舉時代的中國，可能有成千成萬像子京這樣的人。也許魯迅幼時對於這位遠房祖叔的自殺，不會受到太大的刺激，但是，在子京發狂而死的同一年（一八九六年），魯迅自己家裡卻發生了另一個悲劇，這一個悲劇的陰影，可以說籠罩了魯迅整個一生，這就是魯迅生父伯宜公的逝世。

魯迅的父親，和子京一樣，是一個科舉制度下的失意者，考中了秀才以後，一直居家鬱鬱不得志，生活在煙酒之中，而且又久病，常躺在床上抽鴉片煙⑳。關於伯宜公的酗酒，周作人在《魯迅的故家》中有一段很生動的記載：

伯宜公的晚酌，坐在床前四仙桌的旁邊，這記憶比他的吃煙還要明了。他的酒量，據小時候的印象來說似乎很大，但計算起來，他喝黃酒恐怕不過一斤吧，夏天喝白酒時用的磁壺也裝不下四兩，大概他只是愛喝而已。除了過年以外，我們不記得同他吃過飯，他總是單吃，因為要先喝酒，所以吃飯的時間不能和別人的一致。平常吃酒，起頭的時候總是興致很好，有時給小孩們講故事，又把他下酒的水果分給一點吃，但是酒喝得多了，臉色漸變青白，話也少下去了，小孩漸漸走散，因為他醉了就不高興。他所講的故事以聊齋為多，好聽的過後就忘了，只有一則《野狗豬》卻一直記得，這與後來自己從《夜談隨錄》看來的戴髑髏的女鬼，至今想起來還覺可怕。㉑

魯迅對於父親的記憶，可能比周作人的更爲深刻，因爲他是長子，要擔負起全家的重擔；父親生病，作長子的並且要爲父親去找「藥引」。《朝華夕拾》中的《父親的病》一文，似乎是對於庸醫的調侃和攻擊，但是魯迅在「潛意識」中對於父親之死的愧疚和哀痛，也在此文中表露無遺。在心理學家的眼光中，這篇文章是值得仔細研究，大書特書的。

魯迅父親的病，最初是吐血，所僱的庸醫，根據「醫者意也」的學說，認爲古來相傳陳墨可以止血，「取其墨色可蓋過紅色，於是趕緊在墨海裡研起墨來，倒在茶杯裡，送去給他喝。」㉒幾位中醫初作爲肺癆治，十四五歲的魯迅，就得到處奔波，找尋「藥引」：生薑兩片、竹葉十片去尖、蘆根、經霜三年的甘蔗、梧桐葉（梧桐先知秋氣……今以秋氣動之，以氣感氣）、蟋蟀一對，「要原配，即本在一巢中者」㉓。然而吃來吃去，病象不見起色，卻反而腳背浮腫，漸至小腿，於是乃作「水腫」治，要病人吃「敗鼓皮丸」，因爲「水腫一名鼓脹，一用打破的鼓皮自然就可以剋服他」㉔。最後，終於腫到心胸腹之間，痛苦萬分，終於不治。伯宜公逝世的時刻是在晚上，魯迅描寫父親的死，深致哀痛，是研究魯迅心理不可少的文獻，特別全盤抄錄於後：

父親的喘氣頗長久，連我也聽得很吃力，然而誰也不能幫助他。我有時竟至於雷光一閃似的想道：「還是快一點喘完了罷。……」立刻覺得這思想就不該，就是犯了罪；但同時又覺得這思想實在是正當的，我很愛我的父親。便是現在，也還是這樣想。

早晨，住在一門裡的衍太太進來了。她是一個精通禮節的婦人，說我們不應該空等著。於是給他換衣服；又將紙錠和一種什麼高王經燒成灰，用紙包了給他捏在拳頭裡……。

「叫呀，你父親要斷氣了，快叫呀！」衍太太說。

「父親！父親！」我叫了起來。

「大聲！他聽不見。還不快叫！」

「父親！父親！」

他已經平靜下去的臉，忽然緊張了，將眼睛微微一睜，彷彿有一些痛苦。

「叫呀！快叫呀！」她催促說。

「父親！」

「什麼呢？……不要嚷。……不……。」他低低地說，又較急地喘著氣，好一會這才復了原狀，平靜下去了。

「父親！」我還叫他，一直到他咽了氣。

我現在還聽到那時的自己的聲音，每聽到時，就覺得這卻是我對於父親的最大的錯處。㉕

伯宜公逝世的時刻是晚上，享年卅六歲，是時魯迅僅十五足歲。在父親病榻前的這一番「禮儀」，可以說是充滿了象徵的意味。我們也不難想像這一場「叫魂」對於魯迅心理上的影響。可以從幾方面來分析這一段「父親的死」。

魯迅說這位遠房親戚衍太太「精通禮節」，當然是語近諷刺，這一種人將死時招魂的儀式，可以說是民間「小傳統」中的迷信進入「大傳統」中的例證，爲死人燒紙是民間通用的習俗，「高王經」可能也是屬於民間佛教或道教的一種符咒，一個堂堂書香世家，卻要聽從一位遠房婦人通俗之見，使伯宜公臨終時也不得安寧，這是魯迅於三十年後（**該文可能寫於一九二六年魯迅執教於廈門大學時**）仍然耿耿於懷的㉖。父親身體的死，是庸醫誤人的結果；而父親精神上的死，卻是整個中國文化傳統之害，伯宜公在「大傳統」中不得志，臨終時還要受一道「小傳統」迷信的催命符，伯宜公悽慘的命運，作爲長子的魯迅是不會無動於衷的，何況他很愛他的父親。

如果魯迅是真正熱愛父親，他當時感受的刺激，可能比文章中描述的更深。魯迅是長子，在傳統的「孝道」上義務最重，爲父親治病、找藥引，是他的責任；在父親臨死時招魂，也成了他的責任。如果魯迅不愛他的父親，他可以像幼年的毛澤東一樣起而反抗，拋孝道於九霄雲外。但是魯迅自認很愛他的父親，因此他也不得不在孝的重擔下受苦。魯迅的孝，可能是感之於心，而不是形之於外的，他當時可能對衍太太所宣揚的送終儀式昏然無知，到了臨頭才感覺到它對父親的不良刺激，然而爲時已晚，他終於把父親「叫」死了，因此認爲這是他「對於父親的最大錯處」。他當時也可能對於傳統社會的禮儀早已深惡痛絕，但父親病危，公開反抗禮俗不是其時，眼看著父親成爲傳統文化禮教下的殉難者，因此他抱憾終生。總而言之，在傳統的束縛之中，一個真正孝子的孝心，卻反而爲禮俗上的孝道所誤，使他的孝，盡錯了地方，間接導致父親的死亡。魯迅後來到日本學醫，他自稱是起於對「被騙的病人和他的家族的同情」㉗，而他自己的父親，卻是他初懂世故後的第一個被騙者。就象徵的意味而言，魯迅的習醫，也可以說爲的是要把父親臨終的一幕又一遍地再「招」回來（reenact），他每治活一次病人，也就是再治活一次他的父親——用科學的西醫的方法，而不再用迷信的中醫方式——因此可以再贖一次罪。魯迅後來聲嘶力竭地反對「殺人」的舊禮教，也可能與他父親的死大有關係，因爲舊禮教扼殺了他的父親，他每寫一篇反對舊禮教的文章，也就是多爲父親復仇一次，甚至最後爲這一個大目標——也爲他的父親——受難，魯迅的《野草集》有兩篇文章，題目都叫做《復讎》，一篇描寫耶穌受難；另一篇則是刻畫他心目中文化鬥士的模型。

魯迅父親的死，也可以說是魯迅幼年期所體驗的兩種「黑暗勢力」的焦點。他聽過鬼故事，看過鬼戲，現在一幕真正的「鬼戲」卻在他父親的病榻前演出——這是一齣大小傳統混而爲一的鬼戲：高聲喊叫父親，是「大傳統」的孝道，也是「小傳統」的招魂或超度。當伯宜公徘徊於生與死的邊緣，徬徨於光明與黑暗之間的時候，魯迅的叫聲，真像「電光一閃似地」直入這既非生又非死的「冥冥之界」。他永遠不會知道父親臨終時的那一句「不要嚷！」的全部涵義：是要魯迅不要吵，可以讓病人安安靜靜地死去？還是伯宜公的靈魂已經進入了另一個境界，在「上下而求索」，所以不需要塵世間的喧嚷來打擾他？「一個人死了以後，究竟有沒有靈魂的？」㉘魯迅在二十幾年後借祥林嫂之口問了這一句話，祥林嫂在《祝福》中問作者，似乎也就是魯迅在問他自己：

「也許有罷，我想。」我於是吞吞吐吐的說。

「那麼，也就是地獄了？」

「啊！地獄？」我很吃驚，只得支唔著，「地獄？——論理，就該也有。——然而也未必……誰來管這等事……。」㉙

事實上，魯迅終其一生，就一直在「管這等事」。在《野草》集中他屢屢夢見地獄，也夢見自己的死：

「我夢見自己躺在床上，在荒寒的野外，地獄的旁邊。一切鬼魂們的叫喚無不低微，然有秩序與火燄的怒吼，油的沸騰，鋼叉的震顫相和鳴，造成醉心的大樂，布告三界：地下太平。」㉚

「我夢見自己死在道路上。」

「這是那裡，我怎麼到這裡來，怎麼死的，這些事我全不明白。總之，待到我自己知道已經死掉的時候，就已經死在那裡了。」㉛

甚至於在魯迅自己死前的一個月，在一篇談「死」的文章裡，還談到這個問題：「三十年前學醫的時候，曾經研究過靈魂的有無，結果是不知道；又研究過死亡是否痛苦，結果是不一律；後來也不再深研了，忘記了……直到今年的大病，這才分明的引起關於死亡的豫想來。」㉜他最後的結論是：「這時候，我才確信，我是到底相信人死無鬼的。」㉝

魯迅的這個結論，是在他臨終清醒時寫的，然而當他在一九三六年十月十九日清晨五時許，已經神智不清的時候，是否還是確信「人死無鬼」？這個問題，即使與魯迅最親近的許廣平，也不得而知，後世的史家，只好先爲魯迅「蓋棺」，然而，卻無法「論定」。

二、魯迅的成年（一八九八——一九一七）

魯迅父親的死，結束了魯迅的幼年，因爲在伯宜公死後的第二年（一八九八），魯迅就離鄉背井，自闖天下了。童年的世界，變成了他的回憶，但這個回憶卻一直縈繞著他的心靈。

前面提過：魯迅的習醫，在他心理上，多少與他父親的不治而斃有關係，魯迅在父親臨終前所受的心靈上的「創傷」（trauma），我們可以看作他心理上的一個「結」，這也就是心理學家愛理生（Erik H.Erikson）所謂的「咒」（Curse）。愛理生在其近著《甘地的真理》（Gandhi's Truth）一書中，討論到這個「咒」的問題㉞，原來當甘地的父親病危時，甘地剛剛新婚不久，有一夜，他覺得父親的危險期已過，就離開病榻，迫不急待地和新婚妻子「敦倫」去了，他的父親就在他和妻子行周公之禮之時不治而死。甘地在父親最後生死關頭，離棄了父親，他內心的羞愧，就成了他一生中的「咒」。在世界偉人中，有不少人在幼年時代承受過這種淵源於父親的「咒」；譬如馬丁路德的「咒」，就是他父親的殘暴，後來終於使他起而反抗宗教上的強權；又如丹麥哲人祁克果（Kierkegaard），心理上一直把自己的受難歸結於父親的荒淫㉟；卡夫卡（Kafka）在小說中夢到殺父親；杜斯陀也夫斯基的《卡拉瑪佐夫兄弟》一書，也是以殺父為題，所以弗洛依德認為杜氏寫此書的潛在意識，是受到幼年時經驗的刺激，他的父親原是一個殘暴的地主，有一夜農奴聚合起來把他殺了，杜氏事先已有所聞，但未干預。

愛理生對於這些例子的結論是：「在每一個例子中，作父親的把作兒子的繫於自身，使得他們無法公開或仇恨。同樣的，他們也迫使他們的兒子覺得自己是父親所選擇所需要的，因此作兒子的肩負了大責重任。」㊱魯迅後來時常提到「自己卻正苦於背了這些古老的鬼魂，擺脫不開，時常感到一種使人氣悶的沉重。」㊲這些「古老的鬼魂」，似乎是指中國的舊傳統和舊文化，但是這種傳統文化能成為他心中的「鬼魂」——也就是一種「咒」，則與他幼年時的親身經驗——特別是父親的死——大有關係。

這一種幼年時的「咒」，對於一位將來的偉人的一生，有什麼作用？愛理生在一篇討論甘地——也兼論到魯迅——的文章中，提出下列的看法：

「一個非同尋常的人，所感受的孝道上的衝突，可能是無可避免的深刻，因為他早在童年的時候，已經感覺到一種獨創性，使他超越與自己父親的對抗。他也會形成良心上的早熟，使他感覺到（而且看起來）少年老成。而且，從他一心一意的獨創性而言，他可能比他保守的雙親更老，他的雙親也把他看作他們將來的贖罪者。所以，在他成長時，他幾乎有義務（困擾於疚愧）不計任何代價去超越和獨創。在青年期，這種心情會延長他自我認同的混亂（identity confusion）因為他必須找尋一個唯一的方式，使他（也只有他）能夠重演他的過去和開創新的未來——用適當的媒介，在適當的時機，並推及於適當的擴大的範疇。」㊳

這一段愛理生的學說，乍看起來，似乎頗爲艱澀難懂，但是卻爲魯迅的「成年」作了一個適當的註解。

魯迅幼年的「咒」與他父親的關係，我們可以再從愛理生的學說作進一步的研究。魯迅在孝道上的衝突，一方面是由於他對於父親的病無法挽救，甚至在臨終時還侵擾了他父親的靈魂。從另一面看，魯迅的父親，是傳統科舉教育下的失敗者，在未死之前，已經是社會上、家庭上的廢物，魯迅長大後絕不該重蹈覆轍，步他的後塵，他勢必要「超越」他的父親。而且，他自幼聰慧，伯宜公對他當然也期望殷切，魯迅有一篇文章，就提到有一天他一早趕著要坐船去看社戲的時候，他父親硬逼著他背誦一段古書，然後才准放行㊴。但是魯迅的智慧和能耐顯然是在他父親之上，背一段古書，寫幾篇八股文，並不能滿足他自己的知識欲，所以他早就鑽進另一個「小傳統」的世界，即在兒時，他已經「超越」了他的父親。因為他自知比父親好，在內心上難免引起衝突，所以當父親臨終掙扎的時候，他不禁電光一閃地想道：還是讓這個沒有用的人及早結束他痛苦的生命吧，但是又立刻覺得這個念頭在孝道上就不應該，「就是犯了罪」。他父親終於死了，他要為父親的死「贖罪」，也要為他自己在孝心上的衝突提出一個解決方案，於是他勢必要選擇一個適當的職業，或是作一番適當的事業，可以對得起父親，並且在「超越」父親的同時也為他復仇。魯迅的成年期，也就是他尋求這一個適當「認同」的過程。

「認同」（identity）這一個字，是愛理生創用出來的㊵，現在已經成了「老生常談」（cliche），它的本意，是指一個青年人在由家庭進入社會的過程中，對於他自己——以及別人對於他——的認識，從而為自己下一個界定，換言之，就是對「我是誰？」這一個問題作一個答案。「我是誰？」可以對自己內心而言，也可以對外——家庭、社會、人生——而言，就現在社會的風習為例：我們可以說一個中學或大學生在徬徨猶豫，考慮自己應該學那一行的時候，也就是找尋自己的identity的時候，他決定了專攻的科目，決定了自己將來就業的計畫，也就是找到了identity的表現。子曰：「三十而立」，這一個「立」字，也可以從「認同」來解釋，可以說是孔老夫子在三十歲的時候，才知道自己求學的道路和命運。

對於凡人而言，社會上的成規，對於決定「認同」有很大的作用，譬如當今社會偏重科學，於是青年人群起而學理工，將來容易找事，在經濟上和社會上也容易有地位，這就成了他們的「認同」。但是，對於內心生活豐密的不凡之人——如魯迅——社會成規往往是不夠也不足爲訓的，敏感的人所問的問題也更複雜，對於「我是誰？」的答案也不簡單，我們且以魯迅的生平爲例。

魯迅生長在一個新舊文化的過渡時期，整個中國——從十九世紀末葉至廿世紀初——也正遭逢到整個文化上「認同」的難題：中學抑或是西學？中學爲體否？西學爲用否？爲了富國強兵，是否應該打倒傳統，全盤西化？這些都是中國知識分子在這一個過渡時期經常討論的大問題。在制度上，這一個新舊文化的接替可見於新式學堂的成立和科舉制度的廢除（一九〇五年）。魯迅「適當其衝」，父親剛死，就面臨到今後要進洋務學堂或是考科舉的問題，也就是「認同」問題的初步：父親已死，家道中衰，茫茫人海，何去何從？魯迅在《吶喊》自序中，描寫得最真切：

「有誰從小康人家而墜入困頓的麼，我以為在這路途中，大概可以看見世人的真面目；我要到N進K學堂去了，彷彿是想走異路，逃異地，去尋求別樣的人們。我的母親沒有法，辦了八元的川資，說是由我自便；然而伊哭了，這正是情理中的事，因為那時讀書應試是正路，所謂學洋務，社會上便以為是一種走投無路的人，只得將靈魂賣給鬼子，要加倍的奚落而且排斥的，而況伊又看不見自己的兒子了。然而我也顧不得這些事。終於到N去進了K學堂了……」㊶

這一段話，可謂道盡了一個敏感的心靈在追求「認同」時的辛酸。魯迅於一八九八年離開紹興到南京，拋棄了他兒時的傳統世界，想在人生中扮演一個新的角色，而不再做爲一個破落戶中的「不孝子」。但是，傳統社會的制度和成規，卻爲讀書人定下一條「認同」之路——科舉應試，然後升官發財。十九世紀末年的中國，新學雖已成立，洋務雖已推行，但在一般社會的眼光中，科舉應試仍是正途，所以魯迅的母親哭了。「認同」的過程，本包括別人——特別是親戚朋友——對於當事者個人的看法，魯迅當時不知道自己要做什麼，但是卻知道自己不要做什麼，他的「認同」過程，是由反傳統開始，正好像現代許多年輕人的「認同」從反家庭開始，是一樣的。魯迅的反傳統，起初是環境使然，家裡太窮，不得不到外埠——另一個世界——去打天下，不過他仍然勉強從俗，趕回家應了一次科舉的初試。

魯迅終於「顧不得這些事」——也就是傳統社會的「情理」和成規——而離鄉背井，這證明了他不要做的事：他不要再扮演他父親的角色——一個頹唐失意的書生。但是他要做什麼？這就難了。愛理生認爲一個勢必「超越」父親的偉人要經過一段長期的「認同混亂」，就是因爲他必須找尋一個比他父親更好的「角色」，做一番比他父親所做的更有意義的事。在任何一個正常的社會中，有不少眾所公認的職業或角色可以選擇，譬如一個窮公務員的兒子，由於他老子的前車可鑑，可以不做公務員而去做律師或學會計，這些都是現代社會所公認的「好」職業。然而魯迅生長的社會和時代，是一個不正常的「青黃不接」的社會和時代，許多公認的事業，已經不一定是良好的進身之階；許多可行的事業，卻未受公認。這種情況，對於一個青年人的找尋「認同」，可以說是難上加難，因此造成了他初期的「認同混亂」。

魯迅於一八九八年初進南京水師學堂，不到一年，就轉學到江南陸師學堂附設的礦路學堂。轉學的理由，魯迅自己也說不清楚：「總覺得不大合適，可是無法形容出這不合適來。現在是發現了大致相近的字眼了，『烏煙瘴氣』庶幾乎其可也。只得走開。」㊷學校辦得不好，裡面「烏煙瘴氣」，當然是轉學的原因之一，但最主要的可能是他自己也不知道要學什麼，做什麼。從一個學校轉到另一個學校，反正學的都是「洋務」，都是公費，也可以試試自己喜歡學什麼。礦路學堂的功課以開礦爲主，造鐵路爲副，魯迅從這個「洋務」的「異途」中，終於找到一些自己喜歡的東西：「此外還有所謂格致、地學、金石學……都非常新鮮。」㊸科學——西方的科學——爲魯迅打開了一個新世界的門，科學是他進門的階石，赫胥黎的《天演論》（Evolution and Ethics）成了他開門之鑰，魯迅於事隔二三十年後，仍會背出嚴譯此書的第一段：

「赫胥黎獨處一室之中，在英倫之南，背山而面野，檻外諸境，歷歷如在機下，乃懸想二千年前，當羅馬大將愷撒未到時，此間有何景物？計惟有天造草味……」㊹

這一段引人入勝的導言，使魯迅幻想到西方世界的兩面——「進化」前和「進化」後的英國，這與他童年時的世界，何止有天淵之別！魯迅覺得赫胥黎「想得那麼新鮮」，也就是因爲這個新世界本身就很新鮮。如果說魯迅的舊天地是一個破落的世界，內中充滿了疾病、迷信、死亡和神仙鬼怪、魑魅魍魎，這一個幻想中的新世界則是一個由洪荒野蠻進化至於風雷電掣的科學世界，它的動力是「物競天擇」，生存競爭，它裡面的英雄便是林譯哈葛德（Rider Haggard）小說中的出生入死、冒險征服不毛之地，以人力戰勝大自然的英雄。魯迅明知哈葛德的小說不夠文學水準，卻一本接一本地讀下去；他自己的第一部譯作是法國科學小說家范恩（Jules Verne）的《地底旅行記》，這些都可以證明魯迅對於西方科學世界眼界大開後的濃厚興趣㊺。在追尋「認同」的過程中，思想上從一個傳統中國的舊環境驟然一躍而進入一個西方未來的科學世界，這也是魯迅那一代青年人不尋常之處，對於魯迅心理上的新刺激，自不待言。

魯迅在尋求自己「認同」的第一步，總算在科舉引誘之下，「超越」了他父親的舊世界，但是他與父親之間，仍有「舊賬」要清：要「超越」父親，他同時也要爲父親「贖罪」。在《吶喊》自序中，魯迅提出了一個初步解決方案：西方科學，非但使他的思想進入了一個新鮮的境界，也使他覺悟到中國舊社會的弊端，特別是那些殺了他父親的庸醫。「便漸漸的悟得了中醫不過是一種有意的或無意的騙子，同時又很起了對於被騙的病人和他的家族的同情；而且從譯出的歷史上，又知道了日本維新是大半發端於西方醫學的事實。」㊻所以他決定到日本去學醫，「預備卒業回來，救治像我父親似的被誤的病人的疾苦。」㊼前文提到過：魯迅用西方醫術治病，也就是「重演」或「再現」（reenact）他的過去，特別是他父親病榻上臨死的一幕：每治活一個病人，也就等於自己的父親象徵地「復活」一次。醫學提供了一個適當的「媒介」，治病代表了一個適當的方式，但是，魯迅的「認同」過程並沒有因此而結束，一個有獨創性的人，在茫茫人海找尋一己的前程的時候，是要經過一連串的「認同危機」（identity crisis）的。

魯迅於一九〇一年從礦路學堂畢業，次年就由校方遴選公費留學日本。他非但在心理上進入了一個新世界，而且身體也踏入了一個新天地，他所要走的「異路」，終於把他帶到了「異國」。

本世紀初在日本的中國留學生，是歷史上的一個重要題目，在新舊文化交替之間，全國的「文化認同」發生危機的時候，一批又一批的中國知識青年，風起雲湧般地留學日本，在「異國」的學校、學生會館、日本「料理」、茶室的藝妓或旅館老闆娘女兒的懷抱中渡過一生中最重要的青年「認同混亂期」（愛理生對同一現象所用的另一種字眼是「Moratorium」，勉可譯作「猶豫未決期」，也算是深受這一個「非常」時代之賜了）。

魯迅先在東京「弘文學院」肄業二年，學日文和一般中學程度的科學㊽。穿的是日本學生制服，後來也穿和服㊾，開始蓄了一個小鬍子，每天起床，也要先吸一兩枝「敷島」煙㊿，儼然有成人的模樣。從周作人和許壽裳所著有關魯迅的回憶文章裡，我們約略可以看出一個少年老成、剛毅木訥、而又自愛自重的青年，他憤恨一般頭紮「富士山」髮(51)，成群結隊，留連於東京茶樓酒肆的中國「花花公子」留學生，爲了不與他們同流合污，也表示自己有別於其他的庸庸眾生，魯迅於抵日的第二年（一九〇三）就索性把辮子剪掉了，剪去之後，到好友許壽裳的自修室，還高興地說了一句：「啊，壁壘一新！」(52)外表的一新，誠然反映出內心的改變，也是魯迅心理「認同」的過程中又進一步的徵象，關於這一點，有詩爲證：魯迅於剪髮後，攬鏡自照，寫了一首舊詩以舒胸懷，送給許壽裳，全詩如下：

靈台無計逃神矢，風雨如磐闇故園。
寄意寒星荃不察，我以我血薦軒轅！(53)

這一首名詩，有不少學者專家解釋過，筆者的目的，卻是在這首詩中找尋魯迅當時心理的線索。全詩的第一行，所用的是一個西洋典故（許壽裳認爲：「首句之神矢，蓋借用羅馬神話愛神的故事」54），在舊詩中用新典，可見西方的新世界對魯迅思想上的影響，也可見「留學外邦所受刺激之深」。但緊接著的第二句，卻回到中國來了：「風雨如磐」指的是故國風雨飄搖，動亂之狀；對「故國」用了一個「闇」（同暗）字，似乎又令人想起魯迅幼年世界的「黑暗勢力」。這首詩的前兩句，正代表了前面討論過的兩個世界；魯迅的「靈台」掙扎於其間，既無法逃避西方世界的引誘，又抛不開傳統中國的黑暗，於是他感覺到孤獨，茫茫眾生，怎麼能知道他內心上的煎熬？「寄意寒星荃不察」，魯迅在這一句中所引的是他心愛的孤獨者——屈原，大有天下皆醉我獨醒之歎，這一種感觸，一直到他參加新文學運動的時候，還是耿耿於懷的。當錢玄同請他為「新青年」寫稿時，他反問道：

> 「假如一間鐵屋子，是絕無窗户而萬難破毀的，裡面有許多熟睡的人們，不久都要悶死了，然而是從昏睡入死滅，並不感到就死的悲哀。現在你大嚷起來，驚醒了較為清醒的幾個人，使這不幸的少數者來受無可挽救的臨終的苦楚，你倒以為對得起他們麼？」55

魯迅在寫《自題小像》的時期，在心理上已經面臨到同樣的問題，但是他當時可能比較激進，雖然「荃不察」，他在「寄意寒星」之時也許下了一個宏願——「我以我血薦軒轅」，最後這一句詩，點出了魯迅以後作品中的真正「自畫像」：他要做一個烈士，為中華民族抛頭顱、灑熱血。

《自題小像》一詩已經爲魯迅以後的行動方向佈下一條伏線。學醫雖可說是西洋「神矢」的影響，但是醫學是否能夠使「風雨如磐」的「故園」改觀？能不能喚醒在暗室內熟睡的荃民？換言之，雖然學醫可以算是適當的媒介，對父親的死有所交代，似乎可以盡了他孝子的義務，但是於此時（一九〇四）學醫，時機是否適當？果然，魯迅在仙台習醫未及畢業，就退學出來了。退學的原因，據魯迅自敘，是由於一部新聞紀錄片的刺激，這是大多數研究魯迅的人所樂於引證的：

「那時是用了電影，來顯示微生物的形狀的，因此有時講義的一段落已完，而時間還沒有到，教師便映些風景或時事的畫片給學生看，以用去這多餘的光陰。其時正當日、俄戰爭的時候……有一回，我竟在畫片上忽然會見我久違的許多中國人了，一個綁在中間，許多站在左右，一樣是強壯的體格，而顯出麻木的神情。據解說，則綁著的是替俄國做了軍事上的偵探，正要被日軍砍下頭顱來示眾，而圍著的便是來賞鑑這示眾的盛舉的人們。

這一學年沒有完畢，我已經到了東京了，因為從那一回以後，我便覺得學醫並非一件緊要事，凡是愚弱的國民，即使體格如何健全，如何茁壯，也只能做毫無意義的示眾的材料和看客，病死多少是不必以為不幸的。所以我們的第一要著，是在改變他們的精神，而善於改變精神的是，我那時以為當然要推文藝，於是想提倡文藝運動了。」㊺

一般研究魯迅的學者往往接受這個魯迅自己的解釋，不再深究。筆者甘冒大不韙。且再從這一個表面上的解釋向魯迅的內心探測一番。

魯迅的決定從醫，是他在「認同」的過程中一個重要的「危機」⑰，然而醫學並沒有完全滿足他，他最初的興趣雖在科學，但也不一定是醫學。譬如在仙台畫解剖圖的時候，他對於美術似乎比人體結構更有興趣，所以把一條血管的位置畫錯了⑱，他在仙台醫專的成績雖然不錯，但並不是頂好：「一百餘人之中，我在中間，不過是沒有落第。」醫科成績平平，倫理學的成績卻是優等⑲，由此看來，魯迅對於學醫是否適合，是否有充分的自信，似乎頗有問題。

除了基本信心之外，魯迅幼年時的「咒」，可能也有很大的影響。魯迅父親的身體，是被中醫害死的，所以習西方醫術，「預備畢業回來，救治像我父親似的被誤的病人的疾苦」，可以說是爲父親贖罪的適當方法。但是，他父親在肉體未死之前，精神上早已死亡了。科舉失敗，已爲他的精神判決死刑，他的精神是被中國的舊文化和舊制度扼死的。爲了拯救像他父親那樣的人的疾苦，除了身體之外，精神方面也應該注重的。日俄戰爭影片中的中國人，可以說是《自題小像》中「荃不察」的呼應，這些同胞，不論在身體上強健與否，在精神上是完全不知不覺的，他們——包括魯迅的父親在內——都是國內的舊傳統和國外的帝國主義交迫下的犧牲者，唯有等待「先知先覺」的「超人」來拯救（魯迅早年受尼采哲學的影響，是不無原因的），因此魯迅領悟到：自己的使命，不在於替「像我父親似的被誤的病人」治身體上的病，而更重要的是爲不知不覺的中國同胞治精神上的病，身體上「病死多少是不必以爲不幸的」⑥⓪。課堂中的新聞片，僅是一條「導火線」，使魯迅的心理接受另一次重要的打擊，也是他在「認同」的過程中的另一個「危機」。這一個覺悟，使得魯迅真正「超越」了他的父親：自己的父親和其他千千萬萬中國人的父親，同是無辜的受難者；自己的「故園」和整個中國，同是處於「風雨如磐」的飄零之境；拯救自己的同胞，也就等於拯救自己的父親。對於一個凡人，這些抱負可能都是大話，但是魯迅畢竟不是一個凡人，否則醫學足可成爲他的identity，一個偉人勢必要找到「適當的媒介」、「適當的時機」，和「適當的擴大的範疇」，來「重演他的過去和開創他的未來」。

魯迅當時認爲文藝是適當的媒介，整個中華民族文化是他的範疇，決定之初，倒沒有想到要「重演他的過去」，但是在他後來所寫的《吶喊》、《徬徨》、和《朝華夕拾》三集故事中，卻不斷地經由文字的媒介在重演他的過去，這是後話，下文中當會詳論。當時他最關心的還是如何「開創未來」的問題，所以決定提倡文藝運動。但是，廿世紀初年，辛亥革命的前夕，是否提倡文藝的「適當時機」？

就歷史的眼光來看，魯迅從事文藝的念頭，在當時確實是一個大膽而危險的決定。傳統中國的知識分子，很少有人專靠賣文爲生的，寫小說更不是正途。當時魯迅與其弟周作人籌備出版刊物，先從翻譯著手，多少是受了嚴、林的影響。是時上海報業剛興，開始有所謂的「副刊」，也有如吳沃堯、李寶嘉等所辦的「雜誌」，大多是一知半解地東拼西湊、半寫半譯地來介紹西方知識，或是諷刺中國舊社會（所謂「警世小說」，如《二十年目睹之怪現狀》、《活地獄》等）。但是這些「半新聞半文藝」的開山祖師，在經濟上雖可賣文謀生，在社會地位上仍然站不住腳的。要不是梁任公大力鼓吹「小說與群治的關係」，逐漸開了風氣，「五四」文人不會那麼快就飛黃騰達的。

周氏兄弟在日本的嘗試，比吳、李等人更嚴肅，但是也更危險：風氣未開，要翻譯域外之書，又不穿插通俗故事，會吸引多少讀者？但是周氏兄弟仍然排除一切困難，於一九〇七年，籌備出一種嚴肅的雜誌——《新生》。這個名稱雖然不一定是魯迅所訂，倒是頗具有心理學上的象徵意味：「過去種種，猶如昨日死」——魯迅棄醫從文的決定，也就是他揚棄了過去，「超越」了他的幼年，終於找到了他的新「認同」——作一個文學家。所以在心理上他是「新生」了，爲他自己找到了新的出路，然而《新生》雜誌卻因資本不足而難產。雜誌雖失敗，周氏兄弟並不氣餒，兩年之後，印行了二人合譯的《域外小說集》，但是銷路極慘，在日本和國內，也不過各銷二十餘冊而已㊶。

這兩次嘗試的失敗，並不是由於魯迅能力不足或興趣不足，而主因是文藝風氣未開，曲高和寡，魯迅自己也承認當時「在東京的留學生很有學法政理化以至於警察工業的，但沒有人治文學和美術」㊷，但是從魯迅的心理來推測，可能也有不少自疚的成份。他離開了故園，「超越」了父親，拋棄了醫學，卻未能在新的「認同」上站得住腳，子曰：「三十而立」，而魯迅已近三十之年，卻仍然在飄搖無定之中，於是他開始「自剖」自己；雖然「新生」了，前半生的陰影卻仍然跟隨著他，是不是自己仍然「帶些復古的傾向」？是不是自己的決定根本錯誤？將來自己是否會變成像父親一樣——一個失敗的讀書人？而且，他既已決定「我以我血薦軒轅」，如果黃帝的子孫對他置之不理怎麼辦？那麼「新生」豈不成了一場空夢？於是，一個偉人長期的「認同混亂」由此而生。

一個人identity的建立，個人的感悟和社會的追認是同等重要的，甚至於一個要打倒舊社會的人——如馬丁路德、甘地、列寧、毛澤東——也必須爭得「革命家」的頭銜，被列入懸賞捉拿之行列，也就是得到舊社會「承認」他的反抗地位。魯迅當時的苦楚，是他所欲創造的未來，得不到社會的承認：「凡有一人的主張，得了贊和，是促其前進的，得了反對，是促其奮鬥的，獨有叫喊的生人中，而生人並無反應，既非贊同，也無反對，如置身毫無邊際的荒原，無可措手的了，這是怎樣的悲哀呵，我於是以我所感到者為寂寞。」㊸

魯迅在這個徬徨無主的時期，起初還是充滿理想和朝氣的，他為《新生》而寫的兩篇文章（後來登在《河南》雜誌）——《摩羅詩力說》和《文化偏至論》，都是揭櫫個人主義的。前者引據歐洲浪漫主義思潮的幾個偉人——如拜倫、雪萊、普希金、羅曼托夫（Lermontov）、以及波蘭的Mickiewicz和匈牙利的Petofi——而推崇他們「無不剛健不撓，抱誠守真；不取媚於群，以隨順舊俗；發為雄聲，以起其國人之新生，而大其國於天下。求之華土，孰比之哉？」㊹後者則提到史丹納（Max Stirner）、叔本華、祁克果、易卜生和尼采，力求「非物質」而「重個人」㊺；他又摘譯過尼采的《查拉圖斯特如是說》，提倡「超人」的思想。這些「個人主義」的學說，可以說是反映了當時魯迅心理積極的一面，正如　國父孫中山所說，天下人有先知先覺者、後知後覺者和不知不覺者。

先知先覺的人當然是少數，也是當然的領袖，他們因爲感覺敏銳、境遇特殊，感懷身世之情比別人強，所以他們最先能瞭解一個時代的疾苦，「先天下之憂而憂」，也只有他們能夠登高一呼，使後知後覺的人起而響應，作他們的隨從，然後發展運動，以喚起不知不覺的人。有這種想法的人，在政治上，就變成了「革命家」；在文學界，則往往變成一種浪漫主義者。這一類的文學家自認比常人敏感，因而見解也比常人高超，所以自然而然地形成了一種主觀的自我優越感，自認爲文學界的先知先覺者，新文學運動的領袖，許多五四文人——如郭沫若、蔣光慈、王獨清——的自大，都是這種浪漫「超人」思想在作祟。㊻

魯迅在這幾篇個人主義的文章中所表現的思想，在基本上也是浪漫式的，無怪乎中共史家於捧魯迅之餘，也不得不對魯迅的這一面加以詬病㊼。但是雜誌和譯作的失敗，使魯迅逐漸拋棄了這一種意識形態：「因爲這經驗使我反省，看見自己了：就是我絕不是一個振臂一呼應者雲集的英雄。」㊽然而魯迅此後是否直接走向由進化論到階級論的康莊大道？就心理的觀點來看，這條路仍然轉折甚多，絕不如一般左派史家所說的那麼簡單。

魯迅在心理上的成年，可從一九〇六年（廿五歲）他決定棄醫從文算起，因爲他終於找到了一個今後可以貢獻一己，安心立命的角色，作爲他的「認同」。但是魯迅所處的卻是一個「非常」的時代，自一九〇七年到一九一七年這十年之間（特別是他在一九一二年移居北京以後），魯迅非但不能安心寫作，而且還感覺到一種「未嘗經驗的無聊」㊾和寂寞，就愛理生的學說而言，這十年可以說是一種延長的或後期的「認同混亂」，意指一個人找到了初步的「認同」，卻無法建立信心或在他的社會中立足。魯迅在《吶喊》自序中，對於這一段時期有如下的描寫：

「這寂寞又一天一天的長大起來，如大毒蛇，纏住了我的靈魂了。……只是我自己的寂寞是不可不驅除的，因為這於我太痛苦。我於是用了種種法，來麻醉自己的靈魂，使我沉入於國民中，使我回到古代去，後來也親歷或旁觀過幾樣更寂寞、更悲哀的事，都為我所不願追懷，甘心使他們和我的腦一同消滅在泥土裡，但我的麻醉法卻也似乎已經奏了功，再沒有青年時候的慷慨激昂的意思了。」⑦⓪

《吶喊》自序是魯迅所寫的一篇最足珍貴的自傳，值得注意的是：他對於這十年（一九〇七至一九一七）的描寫，隻字未提身外的經歷——諸如他於一九〇九年回國，在杭州和紹興任教，一九一二年民國成立，他受蔡元培之邀在教育部任職——卻表露了一點他內心的生活。所謂「親歷或旁觀過幾樣更寂寞，更悲哀的事」，可能指辛亥革命，也可能指他繼祖母的逝世（一九一〇年，魯迅返家奔喪的一段經歷，就是《孤獨者》那篇故事的前半段）⑦①，更可能指好友范愛農的淹死（一九一二年，魯迅寫過三首悼詩，並自註曰：「我於愛農之死，為之不怡累日，至今未能釋然。」）⑦②這些「更寂寞、更悲哀的事」，雖然「麻醉」了魯迅在日本時的「慷慨激昂」之氣，卻不一定像他自己所說的，麻醉了他的靈魂。這一個時期，可能是魯迅的內心生活最黑暗的時期，可惜他自己沒有多敘，一般史家也沒有詳細分析過，我們且從魯迅親友的回憶文章之中，做一點旁敲側擊的工作，或能抓住他靈魂的一鱗半爪。

魯迅的第二任夫人——許廣平，在其所著《魯迅回憶錄》中，曾就魯迅在北京時的日記作一些重要的統計：在一九一二至一九一三年，魯迅非但在心情上百無聊賴，而且在身體上也是病疾連連。僅以一九一三年爲例，在這一年的一、二、三、五、八、十、十一、十二各月中都有害病的記載：舉凡胃痛、神經亢奮、「頭腦岑岑然」、齒痛、頭痛身熱、咳嗽等等，應有盡有⑬。許廣平認爲魯迅的心情不佳——「無日不處於憂患中」——而影響到身體⑭，魯迅的肺病，也可能是在這一段黑暗時期感染的。如果內心的黑暗可以導致身體上的痼疾，那麼這一個時期也可以說是魯迅晚年的預兆，魯迅逝世前的一兩年，可能是他內心生活的另一個黑暗時期，因而導致他身體上的衰病和死亡，並不一定是他爲「黨」效力，鞠盡躬瘁的結果，這些在下文中當再詳論。

許廣平從魯迅日記中所作的另一個統計，是魯迅在這幾年所看的書籍。「一九一二至一九一三年所讀的書，相當廣泛，如詩話、雜著、書譜、雜記、叢書、尺牘、史書、滙刊、墓志、碑帖等，大約是博覽的性質。」⑮一九一四年起，開始看佛書，計有《三教平心論》、《釋迦如來應化事跡》、《華嚴經決疑論》、《大乘法界無差別論疏》、《金剛般若經》、《金剛經心經略疏》、《大乘起信論梁譯》、《唐高僧傳》、《阿育王經》等，甚多⑯。一九一五至一九一六年，魯迅繼續披閱佛經，間雜以造像、畫象、拓本，旁及金石文字、瓦當文的研究、墓志、壁畫等。一九一七年，則在墓志、拓片中下功夫。一九一八至一九二〇年，對碑帖、墓志、造像、拓片，作更深一步的研究⑦。

綜觀魯迅在這一時期所讀的書，幾乎全屬中國書，鮮有西洋書，且多是古人的「死書」，而少有近代的「活書」。直至一九二四年，魯迅讀書的範圍才涉及了不少西洋書，一九二五年，他發表了那篇有名的《論青年必讀書》：

「我看中國書時，總覺得就沉靜下去，與實人生離開；讀外國書時（但除了印度）往往就與人生接觸，想做點事。

中國書中雖有勸人入世的話，也多是僵屍的樂觀，外國書即使是頹唐和厭世的，但卻是活人的頹唐和厭世。

我以為要少——或者竟不——看中國書，多看外國書。」⑱

這一篇「勸告」，也可以說是魯迅在這幾年間，把生命消耗在這些中國書堆裡的經驗談。但是，他的這一個結論，是一種矯枉過正的「上意識」的結論：勸青年人不要重蹈他的覆轍，然而，魯迅在這一個時期中「下意識」的內心生活，還是與這些古書有不可分離的關係。

魯迅在《吶喊》自序中所謂的「回到古代去」，當然是指看古書，特別是指抄碑。抄碑的目的，據周作人的解釋，是因爲袁世凱的特務太厲害，北京的文官多寄情酒色或把玩古董，以爲掩護，魯迅不喜嫖妓，又不會打麻將，遂弄起碑文來⑲。魯迅所住的紹興會館中的那一間房，「窗門被擋住陽光，很是陰暗」⑳，院子裡有一棵槐樹，據說是「縊死過一個女人的，現在槐樹已經高不可攀了，而這屋還沒有人住；許多年，我便寓在這屋裡抄古碑。客中少有人來，古碑中也遇不到甚麼問題和主義，而我的生命卻居然暗暗的消去了。」㉑

這一個紹興會館的小天地，真可說是一個黑暗的世界，也足以助長魯迅心裡的「黑暗勢力」。爲魯迅作「內傳」的人不禁要問：當他在暗室裡抄寫古代死人的生平，或是在夏夜「搖著蒲扇坐在槐樹下，從密葉縫裡看那一點一點的青天」㉒的時候，他的靈魂在思索甚麼？槐樹上縊死的女人？兒時看過的「女吊」？百草園裡的赤練蛇？《山海經》裡的人面獸、九頭蛇？長毛砍下的人頭？父親臨死時的掙扎？……一個三十幾歲的人，生活在這一種鬼世界裡，其心理上的波動當然不同於兒時；一個成年人對於鬼怪的反應，不再是本能的恐懼，何況魯迅本來就不怕鬼。以魯迅思想的深沉，我們可以推測他當時的靈魂可能在默默地重演（reenact）他幼時的黑暗世界，但這一種「鬼氣」深入他內心之後，可能使他進一步思索一些哲理上的大問題——生與死、人與神、靈魂再轉世。純理性的科學是解決不了這些問題的，所以他要求之於佛經，因此會對許壽裳說：「釋迦牟尼真是大哲，我平常對人生有許多難以解決的問題，而他居然大部份早已明白啓示了，真是大哲！」㉓許壽裳認爲魯迅當時的態度是積極的，「對於佛經只當做人類思想發達的史料看」⑧④，可能是他個人寸管之見，筆者未能苟同。正因爲魯迅的思想能超越狹義的科學，才會使他的作品更深刻、更有現代的意義、更能引起世界讀者的共鳴，這是魯迅偉大之處，也是他的「虛無」之處，但虛無並不等於「消極」，不能從政治立場將之一筆抹殺。

在這個鬼世界中念古書和抄碑，可能引起魯迅對另一個大問題的思索：除了在哲理上，或宗教上可以探討生與死之外，在歷史上——中國歷史上——是否也反映出這一個問題？古書裡和碑文上的英雄豪傑或庸庸眾生是怎麼「生」的、怎麼「死」的？「一將功成萬骨枯」的「萬骨」生時是一種甚麼心情？「一將」死時又有如何的心理？日俄戰爭中農民將被斬首，死期當前，爲甚麼麻木無知？……如果說杜思陀也夫斯基生前千鈞一髮，從絞刑架下幸保自己生命的經驗，對他作品的深度大有影響的話，魯迅在死人堆裡「暗暗的消去」，捕捉自己和古人的過去——這種「黑暗」的經驗，也是他此後文藝創作的滋潤品。他在哲理上和靈魂上，對於生死問題的困擾，充分地表現於《野草集》中；他在歷史上及親身經驗上對於生死問題的思索，則成了《吶喊》和《徬徨》中的幾篇好文章——如《狂人日記》、《藥》、《祝福》、《孤獨者》——的題材。特別是《狂人日記》的憤激和心理氣氛之濃，可以說是魯迅這幾年念古書和抄古碑的附產品。

三、魯迅的中年（一九一八—一九二八）

魯迅寫過一篇小說，叫做《孤獨者》，裡面有一段描寫主角魏連殳歸家奔祖母的喪，族裡的人要他行傳統的大殮儀式，他並不反對，一切行禮如儀之後，他卻孤獨地坐在草薦上，始終沒有落過一滴淚。大家怏怏地走散了，連殳卻還坐在草薦上沉思，「忽然，他流下淚來了，接著就失聲，立刻又變成長嚎，像一匹受傷的狼，當深夜在曠野中嗥叫。慘傷裡夾雜著憤怒和悲哀。」⑮

這一段所描寫的，其實就是魯迅自己的親身經歷，魏連殳這個人物，無論在外表上或內心上，都可說是魯迅自己的造型：「原來他是一個短小瘦削的人，長方臉，蓬鬆的頭髮和濃黑的鬚眉佔了一臉的小半，只見兩眼在黑氣裡發光。」⑯在心情上，魯迅也是孤獨的，正和魏連殳對他的祖母一樣，把一切的痛苦和悲哀藏在心裡，自己咬嚼。在長時期的自我煎熬以後，忍不住了，就會孤獨地長嚎，「像一匹受傷的狼，深夜在曠野中嗥叫。」魯迅在北京的前五年（一九一二至一九一七），那種抄碑的心境，也可比做深夜的曠野，魯迅的靈魂奔馳於其中，有說不盡的滄桑和悲痛。最後，時機來了，他於是突然長嚎，叫出了他的第一篇——也是現代中國文學史上的第一篇——白話小說：《狂人日記》。他的第一本小說集，也叫做《吶喊》。

《狂人日記》的出版，使魯迅一炮而紅，很快的變成新文壇上的名作家，社會終於「追認」了他，就愛理生的心理學觀點而言，他長期的「認同」過程，終於告終。但是魯迅在心理上終於成年的時候，已經是三十七歲邁入中年之境。

雖然魯迅變成新文化陣營中的鬥士，北京教育界最叫座的講師，崇拜他的學生漸多，應酬也漸頻繁，應該不會再寂寞了，但是，魯迅當時的心情卻是和胡適、陳獨秀、錢玄同等人的轟轟烈烈之意大異其趣的，《吶喊》自序中對於這一時期的描寫，頗有悲涼的意味：

「在我自己，本以為現在是已經並非一個切迫而不能已於言的人了，但或者也還未能忘懷於當日自己的寂寞的悲哀罷，所以有時候仍不免吶喊幾聲，聊以慰藉那在寂寞裡奔馳的猛士，使他不憚於前驅，至於我的喊聲，是勇猛或是悲哀，是可憎或是可笑，那倒是不暇顧及的；但既然是吶喊，則當然須聽將令的了，所以我往往不恤用了曲筆……因為那時的主將是不主張消極的，至於自己，卻也並不願將自以為苦的寂寞，再來傳染給也如我那年輕時候似的正做著好夢的青年。」87

這一段文章，可能是魯迅謙虛之筆，他的「吶喊」不是大將衝鋒陷陣時的發號施令，而是大將未受傷前，小兵在陣前略張聲勢的「搖旗吶喊」。魯迅自己當作小兵，可能是謙虛，但也可能是他內心的孤寂感仍強，不願把自己的孤獨和消極的心情，傳染給《新青年》的編者和讀者，所以把自己列居末位，吶喊助陣。

爲什麼魯迅對於自己有這樣的看法?在《吶喊》自序中爲什麼三番四次地提到寂寞?爲什麼魯迅在第一集小說中要《吶喊》助陣，而在寫第二集小說時卻《徬徨》起來?甚至於在集首尙引用屈原的詩——其最後的兩句是「路漫漫其修遠兮，吾將上下而求索」;魯迅「上下而求索」的是什麼?一九三三年魯迅爲《徬徨》集題了一首詩，追憶他當時的心情：

寂寞新文苑，
平安舊戰場。
兩間餘一卒，
荷戟獨徬徨。㊽

爲什麼魯迅在一躍而爲文壇名人、新文學的急先鋒的時候，卻覺得在「新文苑」中寂寞?爲什麼認爲自己是新舊戰場間的小卒，甚至還「荷戟獨徬徨」?總而言之，爲什麼魯迅在中年的時期寂寞、孤獨、徬徨，而且還要求索?爲魯迅的後半生作傳的人很多，敘述得也非常詳盡，筆者不願重述一般衆所周知的史實，僅願著力於魯迅內心生活的探討，由此來設法回答上面所提出的問題。

魯迅初爲《新青年》寫稿，爲當時的「主將」如陳獨秀等助陣，並一篇接一篇的寫起文章來了——關於這一段史實，一般爲他作傳的往往認爲理所當然，沒有什麼可以懷疑的，只有少數的細心人如曹聚仁先生，才提到在一九一七年《新青年》發起文學革命的時候，魯迅並不覺得有什麼重大意義[89]。我們且來研究一下魯迅對於自己參與新文化運動「私下」所提出的解釋（見於他在一九二五年三月三十一日寫給許廣平的信）：

「我又無拳無勇，真沒有法，在手頭的只有筆墨……但我總還想對於根深柢固的所謂舊文明，施行襲擊，令其動搖，冀於將來有萬一之希望。而且留心看看，居然也有幾個不問成敗而要戰鬥的人，雖然意見和我並不盡同，但這是前幾年所沒有遇到的……

希望我做一點什麼事的人，也頗有幾個了，但我自己知道，是不行的。凡做領導的人，一須勇猛，而我看事情太仔細，一仔細，即多疑慮，不易勇往直前，二須不惜用犧牲，而我最不願使別人做犧牲……也就不能有大局面。所以，其結果，終於不外乎用空論來發牢騷，印一通書籍雜誌。」[90]

然而什麼樣的人物才能做領導者？什麼人才能作魯迅願意爲吶喊幾聲的「在寂寞裡奔馳的猛士」？是《新青年》陣營裡的那幾位大將——陳獨秀、胡適、李大釗、錢玄同？是中國共產黨的領導者？恐怕二者都不太可能。筆者個人的意見是：這一個文化領導者和猛士就是魯迅理想中的自己，當然魯迅自己不會承認，他一生之中也在找尋這樣的人——在尼采的文章裡找，在他的同輩中找，在青年群中找——但卻換來一連串的失望，因爲這個理想的猛士塑像太像他理想中的自己了。他想要勇猛，但心胸之中矛盾和衝突太多，不能「勇往直前」；他想要不惜犧牲，但自己卻不忍心使別人犧牲，最後，他終於決定犧牲自己，這在他晚年的文章裡可以看得出來。我們暫且先細讀他在中年時期寫的一篇文章：

「要有這樣的一種戰士！

……他毫無乞靈於牛皮和廢鐵的甲冑；他只有自己，他拏著蠻人所用的，脫手一擲的投槍。

他走進無物之陣，所遇見的都對他一式點頭。……

那些頭上有各種旗幟，繡出各樣好名稱：慈善家、學者、文士、長者、青年、雅人、君子……。頭下有各樣外套，繡出各式好花樣：學問、道德、國粹、民意、邏輯、公義、東方文明……。

但他舉起了投槍。」91

魯迅幻想著有這樣的戰士，勇猛、孤獨（「他只有自己」）、默默無聲地摧毀社會上一切的虛僞和繁文褥節，以一個人的力量去打擊所有沒有靈魂的僞君子（「無物之物」）。但他也知道，一個人的力量畢竟有限，而他自己的「投槍」僅是一枝禿筆，所以他也不難預測自己的結局：

「他在無物之陣中大踏步走，再見一式的點頭，各種的旗幟，各樣的外套……。

「他終於在無物之陣中老衰，壽終。他終於不是戰士，但無物之物則是勝者。

在這樣的境地裡，誰也不聞戰叫：太平。

太平……。」(92)

這一段「散文詩」中的意象，可謂是魯迅中年的一個象徵式的寫照。這一個英雄的造型是「悲觀的」（tragic），卻並非厭世的或氣餒的悲觀（pessimistic）；是「虛無」的；卻並不是謝絕人世、歸隱山林式的虛無。魯迅中年——約自一九一八年至一九二八年他在上海定居時爲止——心情上的「基調」，就是這種孤獨的、虛無的「悲觀」。也許筆者所言過重，且再從魯迅的作品和生活中找出一點蛛絲馬跡的證據。

在《吶喊》和《徬徨》中很多故事的主角，都是一個個孤獨而寂寞的靈魂：如祥林嫂、單四嫂、魏連殳、呂緯甫、涓生和子君，甚至於《狂人日記》中的狂人、阿Q、孔乙己、高老夫子和《示眾》中的死囚……在他們被一般社會嘲笑、怒罵、遺棄和處死的情況下，都顯得孤獨和寂寞。這些人物，不論他們是好人或是壞蛋，都得不到社會的瞭解或同情，讀魯迅的短篇小說，多少有一股淒涼的意味，這一點，是一般分析魯迅作品的人不大願意解釋的。再從文學史的眼光而言：一般五四時期的作家，大多是自以爲是的，以自己爲中心，認爲自己的性格、風度和行爲，可以做爲青年讀者的風範，沒有從內心而發出的謙虛。所以，他們往往沉醉於自我的世界之中——特別是愛情的世界——而不能冷酷地分析自己。徐志摩、郭沫若、馮沅君、丁玲、謝冰心，和「創造社」的其他人物，都是屬於這一型的人物，他們寫的是自己，傾訴時是熱情奔放的，憧憬自己的將來也是熱情奔放的，所以五四新文學運動的初期，倒的確是天真浪漫，朝氣蓬勃。但是魯迅的文章並沒有多少澎湃之氣，寫的多是舊社會的人物，反而顯得淒涼如深夜的曠野。他雖然在《吶喊》中用了「曲筆」，雖然明知「主將是不主張消極的」，卻無法在文章內完全擺脫「自以爲苦的寂寞」。甚而變本加厲，吶喊了不久就徬徨起來，徬徨之餘就寫出了《野草集》中的虛無而又黑暗的文章，對於這個問題我們不再用「曲筆」來解釋——譬如把一切皆歸究於政治氣氛的惡劣——我們必須要正視。

筆者個人的看法是：在「五四」時期反傳統的氣氛之下，一般青年人往往爲了創造新的「現在」，憧憬光明的「未來」，而忘懷、拋棄、或擺脫他們在舊社會中的「過去」。他們在成年以後，兒時的回憶猶如昨日東風，春夢無痕，如果是惡夢，也自認爲到了夢醒的時候。但是魯迅卻不然，對於「現在」和「將來」，他曾經做過美夢，但早已夢醒了，所感覺的是一種虛無和不安，但是對於過去——特別是他的兒時，卻「偏苦於不能全部忘卻」，遂使他「精神的絲縷還著已逝的寂寞的時光」。所以他自認：這些困擾於他心靈的回憶，「到現在便成了《吶喊》的來由」⑬。從魯迅幼年的家境和經歷來看，這一個回憶的世界，是籠罩在一個黑暗陰影下的，多少帶一點鬼氣。魯迅的兩本小說集，可以說就是這一個鬼氣世界的「再現」。他的孤獨之感，一方面是因爲自己無法——而別人卻可以——掙脫這一個兒時的「咒」，另一方面——也是每一個敏感的人常有的想法——是自己覺得個人的感受比別人深。一個被「詛咒」的人（這是魯迅常用之語，愛理生殊途同歸，也常用accursed這個字），是永遠感到孤獨的。從愛理生的心理學的眼光來看，魯迅在文學創作上的成功，他的小說所以在當時立受歡迎，是他把自己兒時的「咒」作獨創性的重演或再現（creative reenactment）的結果，白話文是他的「媒介」，新文學運動是他的「適當時機」，而全中國的讀者，就是他「適當的擴大的範疇」。這一種成功的「再現」的特色，愛理生認爲是他的故事中「共通的經歷變成了每一個肅然起敬的觀眾內心中的解放因素」[94]。換言之，就是魯迅的小說，猶如他兒時嗜看的社戲，在戲台上把這個兒時的世界重新搬演，台下的觀眾，由於文化背景相同，看後也得到了一種心理上的解脫和淨化。「五四」那一代的每一個人，多少都經歷到一段傳統社會下的兒時，他們在掀起反傳統的「五四運動」的時候，也自覺地摒棄了自己兒時的傳統世界。但是「下意識」的回憶是免不了的，魯迅的小說，恰好爲每一個五四時代的人的「下意識」治了一個病，爲他們刻畫出兒時所常見的許多嘴臉。然而，讀小說和看戲的功用相似，畢竟是「演」出來的，看的時候，下意識間就好像作了一個關於兒時的夢，看完了——夢醒了——就可以自覺地認爲魯迅的小說是諷刺別人或「暴露家族制度，和禮教的弊害」[95]，遂得到了一種「解脫」。魯迅自己當然也深受到這種「下意識」的衝擊，表面上他是儘量壓制的，所以記日記時不像徐志摩和郁達夫似的自我暴露，卻用日記的方式來磨練自己，壓制自己——日記中的生活是簡單、規律而乾燥的，與他內心的複雜、困惱和衝突適成對比。魯迅的小說，是對於自己內心的另一種「治療法」，他把下意識的回憶「解放」出來了，卻通過了一種適當的媒介，把自己的經驗「重組」，所以他在《我怎麼做起小說來》一文中說：「但絕不全用這事實，只是採取一端，加以改造……人物的模特兒也一樣，沒有專用過一個人，往往嘴在浙江，臉在北京，衣服在山西，是一個拼湊起來的腳色。」[96]這種重組的方式，是一般遵奉「社會主義的寫實主義」的文藝批評家們所樂道的「塑造典型」，但從另一個角度來看，何嘗不也是魯迅在創作的舞台上搭起佈景，爲演員化了妝或帶起面罩，來「重演」他自己的「過去」？

魯迅雖然在小說中重演自己在傳統社會中的幼年，但是在他寫小說的時期，卻在思想上受到五四反傳統的影響，這兩種勢力——「傳統」和「反傳統」——在他的內心裡又發生了一連串的衝突。本文第一節中曾經提過：魯迅對於傳統社會的態度，並不一定是黑白分明、一概撻伐的，他在情感上，喜歡民間生活的「小傳統」，但是在「理智」上，卻是對於「大傳統」中的道德文章深惡痛絕。魯迅的故事中有不少是反映「小傳統」的，特別是小傳統中的人物——最著名的例子是阿Q和祥林嫂——被大傳統的「紳士」們所污染、迫害、嘲笑、或遺棄，魯迅對於這些小傳統中的人物，是既同情又憎恨的，這種矛盾而曖昧的態度，並不一定是在於魯迅自己的身分——他畢竟是大傳統下的讀書人——而是由於他對於事物的觀察的深刻，他知道這兩種傳統是互爲影響的，有不可分隔的密切關係，所以他無論在感情上怎樣喜歡小傳統，在理智上他是和五四時代的新文化人物觀點一致的：為了建設一個新中國，過去的大、小傳統應該一概摧毀。這一種「全盤性」（totalistic）的態度，是五四反傳統運動的一個非常重要的特色，對於中國文化的影響也極為深遠，最近有幾位學者已經開始注意到這一個問題。簡而言之，這種「全盤性」的態度，對於中國傳統的文化，是不分其理論及實踐的；儒家的基本精神可能與明清社會上的許多繁文縟節和鄉愿惡習有不同之處；孔老夫子的基本精神，也可能不盡與宋明以後朱熹學派的教條作風完全一樣，但是在五四時期這種「全盤」態度的眼光中，不計成敗，不分因果，一律加以全盤否定，所以要「打倒孔家店」——「孔家」與「店」不分，孔子與「孔家」又不分，一概在打倒之列。

魯迅在「理智」上的態度，也是「全盤性」的，這可能是五四思潮的影響，更可能是得自於他個人的經歷，幼年時代的「黑暗勢力」——書本上和社戲中的牛鬼蛇神、親眼目睹或道聽塗說的疾病、死亡和迷信，家道中落後的辛酸，父親臨死時的掙扎——在五四思潮的鏡子中看來，顯然都是傳統世界的一部份，應該一概摒棄。但是魯迅總覺得自己比同一輩的人大幾歲，在身心兩方面都比較老成，可能認為自己在傳統中多過了幾年，經歷太多，所以沾染的「鬼氣」也比較深，而且，自己在學問上所下的工夫，大多是在國學或「國故」方面，更使他無須擺脫這個傳統的「詛咒」，我們從他的書信和雜文中可以找到不少這一類的自供。例如《寫在〈墳〉的後面》一文中就有這樣的話：

「我覺得古人寫在書上的可惡思想，我的心裡也常有……我常常詛咒我的這思想，也希望不再見於後來的青年。去年我主張青年少讀、或者簡直不讀中國書，乃是用許多苦痛換來的真話，絕不是聊且快意，或甚麼玩笑、憤慨之辭。」⑰

又如在給李秉中的一封信中，魯迅也有類似的坦白：

「我自己總覺得我的靈魂裡有毒氣和鬼氣，我極憎惡他，想除去他，而不能。我雖然竭力遮蔽著，總還恐怕傳染給別人，我之所以對於和我往來較多的人有時不免覺到悲哀者以此。」⑱

就魯迅的內心生活來看，他的悲哀和孤獨，實有其不得已的苦衷，這是當時的青年和後來的許多史家不能夠——也不願意——瞭解的，他幼年的「咒」，已經變成了整個傳統的「咒」，使他終身「苦於背了這些古老的鬼魂，擺脫不開，時常感到一種使人氣悶的沉重。」⑲在北京時的魯迅，非但在內心上感到孤寂和沉重，在私生活上也有其難言的苦痛。魯迅事母至孝，在北京時把紹興的房子賣了，接了老母到北京來住。他曾在一九〇六年與朱名安女士結婚，也是母親的安排，他孝敬母親，對於婚事沒有反對，但是婚後的生活談不到感覺溫暖，他曾對許壽裳說：「這是母親給我的一件禮物，我只能好好地供養它，愛情是我所不知道的。」⑩當時在北京「供養」方式，是夫婦分房而居，魯迅在給朋友的信件中似乎也很少提到這位原配夫人，夫婦關係的淡薄，可以想見。

魯迅在婚姻生活中得不到溫暖，可能轉而從兄弟之情中得到一點補償，尤其是對於周作人，真是關愛有加，許壽裳說「他對於作人的事，比自己的還要重要，不惜犧牲自己的名利統統來讓給他。」⑩許氏還提到一九一七年，魯迅和周作人同住在紹興會館的時候，北京正流行猩紅熱，作人忽然發高燒，魯迅急壞了，愁眉不展，四處借錢，延醫買藥，後來才知道不過是出疹子⑩。許廣平在《魯迅回憶錄》中對於魯迅兄弟間的不和，有非常詳細的記載，現在當然已成了眾所周知的事，主要的起因是作人的日本太太——信子，許廣平說她駕馭丈夫：「撒起潑來……裝死暈倒，」對於親友則「倚勢凌人」，「儼然以侵略者的面目出現」⑩。魯迅在日本的時候，就已負責接濟周作人夫婦，周作人回國以後，兄弟二人全家同住，「魯迅除了負擔全家生活的絕大部分費用之外，連周作人老婆的全家，都要魯迅接濟。」⑩魯迅的態度，先是容忍，懷著一股自我犧牲的心腸：「讓別人過得舒服些，自己沒有幸福不要緊，看到別人得到幸福生活也是舒服的！」⑩然而，信子變本加厲，對魯迅諸多詬病，並加以排擠，魯迅改在「自室吃飯，自具一餚」，最後兄弟終於決裂，魯迅帶母親遷出，另起爐灶，這是一九二三年夏秋間的事，魯迅的日記中，對於這件事，往往輕描淡寫，但卻有不少大病的記載，如九月廿四日日記：「咳嗽，似中寒」；十月一日：「大發熱，以阿斯匹林取汗，又瀉四次。」⑯

大約與周作人不和的同時，魯迅認識了女師大的學生許廣平，一九二五年的女師大學潮，師生同時反對校長楊蔭榆，使他們更形接近，許廣平也時而到老師家裡請教，他們之間的關係逐漸密切。就許廣平而言，是學生對老師的崇敬，由敬而愛，最後乾脆「追」了起來，由北京返到上海，魯迅於一九二六年到廈門的時候，許廣平的信就越來越多，魯迅於一九二七年由廈門到廣州，她也追到廣州，一九二七年十月，魯迅和許廣平雙雙回上海，就公開同居了。然而就魯迅的心理而言，情形就比較複雜。

心理學家愛理生把人生分為八個階段，也提出了八個問題⑰，年輕時是「認同」和「認同混亂」的衝突，成年以後，則是「親密」與「孤獨」（intimacy vs. isolation）的取捨，魯迅已臻中年，卻益感孤寂，這雖然和他內心的思想有關，但是做為一個成年人而得不到一個有婦之夫應享的親情，也是一件苦事，魯迅對於弟弟如此關切備至，也是一種補償作用，而周作人竟然會為了太太，不惜「犧牲與長兄友好，換取家庭安靜」⑱，對於魯迅是一個極大的打擊，更增加他內心的寂寞。但魯迅從來不向人坦白，失望、消極的時候，不是寄情於書籍（譬如他的抄碑和念佛經），就是託意於寫作，《野草集》是一九二五年開始寫的。許廣平天真直爽，在魯迅內心「虛無」的時候趁虛而入，倒「逼」出了不少魯迅內心生活的自供。廣平抱怨苦悶，引起了魯迅談人生的苦痛和漫漫長途中的兩大難關——「歧路」和「窮途」，魯迅的解決方案是：決不慟哭而返，不如先「坐下，歇一會，或者睡一覺，於是選一條似乎可走的路再走」，甚至於路上有刺，也「還是跨進去，在刺叢裡姑且走走」⑲，這種人生觀，和郭沫若之流在同一時期大呼找到了拯救人類之道（馬克思主義）的那種不負責任、自吹自擂式的樂觀態度，實在是不可相提並論的。許廣平提到自己歷世不久，所遇非人，卻激起了魯迅對於加入新文化陣營寫文章的看法。許廣平談到學潮問題，魯迅在覆信時則談到自己的涵養功夫。許廣平談到《野草》集中的〈過客〉一文，魯迅在回信中則就自己心靈問題的困擾，提出了「虛無」的論點：

> 「但我的作品，太黑暗了，因為我常覺得惟『黑暗與虛無』乃是『實有』，卻偏要向這些作絕望的抗戰，所以很多著偏激的聲音。其實這或者是年齡和經歷的關係，也許未必一定的確的，因為我終於不能證實：惟黑暗與虛無乃是實有。」

許廣平問得淺，魯迅答得深，在這樣一問一答之間，也使我們多接觸了一點魯迅的心靈。他一方面對「黑暗與虛無」作「絕望的抗戰」（《野草》是最佳的例子），另一方面卻逐漸感激這個女學生的忠誠和關切，由憐而生愛，可以在他們相互的稱呼上看出來：一九二五年開始通訊時，許廣平稱魯迅為「先生」、「吾師」、「師」，而自稱「小學生」、「你的學生」、「學生」，不久就撒嬌似地自稱「小鬼」，而魯迅則一直回稱「廣平兄」，甚至還要費神解釋，澄清立場，信末的簽名，則由「魯迅」而變成「迅」。一九二六年廈門和廣州的通信，許已用英文「My Dear Teacher」而自稱「Your H.M.」，魯迅在回信中仍堅持用「廣平兄」，自署時則用「迅」或「L.S.」。到了一九二九年，二人同居以後，所用的字眼就親密多了，許稱魯迅爲「L.S.」、「BEL」、「EL-Dear」、「EL.L.」、「D.EL.D.L.」，魯迅則回稱「H.D.」、「D.H.M.」，這些英文縮寫中的D字，顯然是Dear（親愛的）的意思。魯迅用的花樣較少，也較愼重，但是謠言已經滿天飛了。一九二七年一月，魯迅受不了高長虹的冷嘲熱罵（高當時可能也在追許），終於爆發出來：

「我先前偶一想到愛，總立刻自己慚愧，怕不配，因而也不敢愛某一個人，但看清了他們的言行、思想的內幕（指高長虹之流的青年），便使我自信我絕不是必須自己貶抑到那麼樣的人了，我可以愛！」⑪⓪

這一段愛的「宣言」，使人想起《孤獨者》裡面魏連殳的那一聲長嚎，把自己一肚子的哀怨都叫了出來。他先前的「慚愧」和「不配」的感覺，可能是出於自己的「有婦之夫」的身分，也可能出於一個「靈魂裡有毒氣和鬼氣」而不願意「傳染給別人」的心理。愛理生在討論甘地的時候說過：一個不平凡的偉人，由於其一生過程的波折，可能會「擠退他享受親密的機會」⑪⑪，而且在他一旦成名之後，在萬人崇敬歡呼聲中，也顯得「沒有伴侶，沒有朋友，沒有兒子。」魯迅是一個孤獨的偉人，但我們不必把他當作神一樣的崇拜，他畢竟也有凡人的一面，許廣平的愛情，使他心靈上的曠野終算得到了一點滋潤，雖然也並沒有解決他整個內心中的痛苦。他們在上海同居後不到兩年，愛情的結晶——海嬰——就出生了，但是這個時候魯迅已經四十八歲，已漸臻於他一生中的崦嵫之年。

四、魯迅的晚年（一九二九—一九三六）

一九一八年，魯迅寫過一篇長文，題爲：《我們現在怎樣做父親》，這是他在自己沒有做父親以前的意見，對於中國傳統的孝道和敬老之風，有所詬病。當時正是《新青年》剛剛掀起「新文化運動」的時候，魯迅的思想，正如一般學者所言，尙停留在「進化論」的階段。他在這篇文章中的看法，也從進化論的觀點出發：

「我現在心以為然的道理，極為簡單。便是依據生物界的現象，一、要保存生命；二、要延續這生命；三、要發展這生命（就是進化）。生物都這樣做，父親也就是這樣做。」

「生命何以必需要繼續呢？就是因為要發展，要進化。……後起的生命。總比以前的更有意義，更近完全，因此也更有價值，更可寶貴；前者的生命，應該犧牲於他。」

「但可惜的是中國的舊見解，又恰恰與這道理完全相反。本位應在幼者，卻反在長者；置重應在將來，卻反在過去。前者做了更前者的犧牲，自己無力生存，卻苛責後者又來專做他的犧牲，毀滅了一切發展本身的能力。……此後覺醒的人，應該先洗淨了東方古傳的謬誤思想，對於子女，義務思想須加多，而權利思想卻大可切實核減，以準備改作幼者本位的道德。」⑫

魯迅的這一番做父親的話，雖由生物進化論出發，但從另一個角度來看，也是他自己心理的寫照。上文中提到：在五四的這一代知識分子輩中，魯迅算是長者，由於年齡長了幾歲，他總覺得自己沾染了不少老一輩的習氣，所以非但不應該讓年輕人效法自己，而且做「前者」的實應爲做「幼者」的盡義務，甚至不惜犧牲自己。如果說魯迅中年的心理基調是孤獨、是虛無，在魯迅晚年的心境中，這種爲「幼者本位的道德」而犧牲的受難精神，卻愈見顯著。

從一九二九年起，魯迅終於做了真正的父親，海嬰的誕生，使他的心胸中倍增了愛的光芒，這一種父子的愛，魯迅也認爲是生物的天性：「動物界中除了生子數目太多——愛不周到的如魚類之外，總是摯愛他的幼子，不但絕無利益心情，甚或犧牲了自己，讓他的將來的生命，去上那發展的長途。」⑬魯迅對於自己的兒子，的確是發揮了這種「愛」的天性，這在許廣平的追憶文章和魯迅寫給母親的信中，可以看得出來。許廣平在《魯迅先生與海嬰》那篇長文中，對於魯迅溺愛兒子的瑣事，記載甚詳。孩子生下來之後，魯迅就毅然決定親自照料兒子，不僱奶娘，對於海嬰的哺乳、洗浴、換尿布、吃東西等種種瑣細問題，夫婦二人皆曾仔細研究實習，錯誤百出⑭。每夜十二時到二時，魯迅自動擔任值班，看護兒子⑮，並且想盡種種辦法，使兒子高興，海嬰疲倦了，做父親的還特別編了「那平平仄平平仄的詩歌調子」的催眠曲，抱著兒子邊踱邊唱⑯。孩子一有小病，他就會坐立不安，「眠食俱廢」，親自帶去看醫生。孩子頑皮時，他雖然也體罰，但僅是「臨時抓起幾張報紙，捲成一個圓筒，照海嬰身上輕輕打去。」⑰每年海嬰生日時，全家一定到照像館去拍照留念，海嬰周歲時，恰好是魯迅五十歲，父親照相之後，魯迅親自題了兩句詩：「海嬰與魯迅，一歲與五十。」⑱

在魯迅寫給母親的信中，海嬰也成了描寫的主要對象，從下面幾封信中，可以看出魯迅對兒子日常生活細節的體貼入微：

「海嬰疹子見點之前一天，尚在街上吹了半天風，但次日卻發得很好……現在胃口很好，人亦活潑，而更加頑皮……所說之話亦更多，大抵為紹興話，且喜吃鹹，如霉豆腐，鹽菜之類。現已大致吃飯及粥，牛乳只吃兩回矣。」（一九三二年三月三十日）⑲

「海嬰是更加長大了，下巴已出在桌面之上……能講之話很多，雖然有時要撒野，但

也能聽大人的話。」（一九三三年七月十一日）⑳

「海嬰很好，臉已曬黑，身體亦較去年強健……惟每晚必須聽故事，講狗熊如何生活，蘿蔔如何長大等等，頗為費去不少工夫耳。」（一九三三年十一月十二日）㉑

「海嬰這幾天不到外面去鬧事了，他又到公園和鄉下去。而且日見其長，但不胖，議論極多，在家時簡直說個不歇。動物是不能給他玩的……寓中養著一匹老鼠，前幾天他就用蠟燭將後腳燒壞了。至於學校，則今年擬不給他去，因為四近無好小學，有些是騙錢的，教員雖然打扮時髦，卻無學問……」（一九三四年六月十三日）㉒

「但他大約總不會胖起來。他每天約七點鐘起身，不肯睡午覺，直至夜八點鐘，就沒有靜一靜的時候。要吃東西，要買玩具，鬧個不休。客來他要陪（其實是吃東西），小事也要管，怎麼還會胖呢？」（一九三四年八月二十一日）㉓

「海嬰漸大，懂得道理了，所以有些事情已經可以講道，比先前好辦，良心也還好，好客，不小氣，只是有時要欺侮人，尤其是他自己的母親，對男卻較為客氣。」（一九三四年十月二十日）㉔

「海嬰亦好，他只是長起來，卻不胖。已上幼稚園，但有時也要賴學，有時卻急於要去；愛穿洋服，與男之衣服隨便者不同。今天，下門牙活動，要換牙齒了。」（一九三五年十月十八日）㉕

「海嬰很好，每天上幼稚園去，不大賴學了。他比夏天胖了一點，雖然還要算瘦，卻很長，剛滿六歲，別人都猜他是八九歲，他是細長的手和胸，像他母親的。今年總在吃魚肝油，沒有間斷過。

他甚麼事情都想模仿我，用我來做比，只有衣服不肯學我的隨便，愛漂亮，要穿洋服了。」（一九三五年十一月十五日）[126]

由這些一手資料中，我們可以看出魯迅對於海嬰的關切和垂注。當然，照常理言，晚年得子是一大幸事，也難怪一個近老年的人對於兒子如此關切入微。然而，爲魯迅做「內傳」的人，卻不能把這些瑣事當作人之常情，因爲魯迅對於人生的體會往往有過人的敏銳，這是他不凡之處，而一個不凡的人，對於晚年得子是有不少感慨的，也會由之而引出許多其他內心上的問題。海嬰是一個淘氣的孩子，但是非常聰明，童言無忌，有時卻可一言擊中魯迅心理的深處。譬如有一次海嬰就問他爸爸：「爸爸可不可以吃的？」這個問題看似天真，卻也不免令人想起《狂人日記》。魯迅回答的也妙：「要吃也可以，自然是不吃的好。」[127]這一句話看似詼諧，也頗誠實，更有一點心理上的深度，《狂人日記》中講的就是吃人，而魯迅在晚年的文章裡，也提過恨不得把自己的肉煮熟了給青年吃的，這一種自我犧牲的心理狀態，在本文後部將會討論。海嬰又有一次當面對他爸爸說：「這種爸爸，甚麼爸爸，」並且還加了一句：「我做起爸爸來，還要好。」[128]這句話又觸到魯迅的痛處，自己對兒子這麼好，現在卻招來頑皮兒子的抗議，況且魯迅當時「自以爲也不算怎麼壞的父親。」當然，他對兒子的狂言，是不會當真的——「我不相信他的話」⑫⑨，當有些他視爲己子的文壇青年也說出類似這樣的話時，魯迅所受的打擊就大多了。

魯迅在晚年，也的確把做父親的心情推及於許多青年作家身上，當他們在文壇上羽翼未豐的時候，魯迅接濟他們，甚至關心到食衣住行上的細節，關於這一點，蕭紅在《回憶魯迅先生》一書中描寫的非常詳盡⑬⓪，魯迅對她的體貼入微，簡直是和海嬰一樣。我們從蕭紅和其他青年作家所寫的追憶魯迅的文章裡，可以發現一個魯迅與年輕人交往的共通模式：一個窮小子，對文藝有興趣，由通信或朋友介紹認識了魯迅，於是登門請教，魯迅起初不大放口，似有拒人千里之意，青年於拜訪數次之後，有一天魯迅竟然留他吃飯，他不禁受寵若驚，一頓飯後，話匣子打開了，魯迅的話也多了起來，於是師生間的關係逐漸密切，徒弟到老師家拜訪的次數更多了，談得也更投契，魯迅除了在口頭上指導之外，而且往往不惜寄贈書籍或金錢，爲這位青年作家改稿，介紹在雜誌上發表，辛辛苦苦地培植這位作家，使他在文壇上奠定地位。這些在魯迅死後才大寫「我與魯迅」之類文章的青年作家們，在文章裡對魯迅有說不完的敬佩和感激，把這位「青年導師」推崇到聖賢之上，然而，事後寫的文章往往忽略——或是歪曲——事實的另一面，那就是當他們在文壇登龍以後，卻並不一定事事尊奉魯迅，有時卻也會反過來諷刺幾句，似乎在說：「這種爸爸，甚麼爸爸。」而且，魯迅雖然幫助了不少年輕的「革命」作家，卻也有不少年輕的「革命」作家罵過魯迅，太陽社與創造社的小夥子們就曾於一九二八年和魯迅打過筆仗，錢杏邨、馮乃超和李初梨等人對於魯迅的冷嘲熱罵，實在不亞於這位「紹興師爺」最狠毒的刀筆。關於這一點，在大陸上寫「官方」文學史的人——如王瑤、劉綬松等——祇好爲這些年輕人認錯[131]。然而，當這些年輕人——特別是魯迅一手提拔過的徒弟——是屬於「黨」的地下工作人員，而黨的意見又不盡與魯迅相同的時候，事情就複雜了。魯迅與馮雪峰的關係，就是一個最著名的例子。

魯迅的徒弟寫魯迅，影響最大的可能就是馮雪峰，在馮於一九五七年被整肅以前，中共學術界對於魯迅的論點，多半淵源於馮雪峰的著作。筆者且以馮著《回憶魯迅》一書爲例，加以討論。

馮雪峰初次認識魯迅，是在一九二八年十二月，師徒逐漸熟稔的過程，很像上面描寫的模式：朋友（柔石）介紹，向魯迅請教問題，初次談話極少，兩個多月後，馮到魯迅府上拜訪的次數才多了起來，當時馮就感覺到：「魯迅先生對一切好的青年都不自覺地流露著『父愛』的感情的。」[132]話匣子打開以後，魯迅就不知不覺地談起自己來，他當時的感嘆，多少證實了本文前兩節對他心理的臆測。魯迅首先自供道：「積習之深，我自己知道。還沒有人能夠真的解剖到我的病症。批評家觸到我的痛處的還沒有。……還沒有人解剖過我像我自己那麼解剖。……」[133]他並且自嘲似地說：「徬徨，我確曾徬徨過，毫不想掩蓋！……『吾將上下而求索』，求索甚麼呢？不知道！但還要求索！」[134]他很喜愛自己的《野草》和《徬徨》兩集作品，特別是《野草》：「他自己幾次地說他『現在，不會再寫那樣的東西了』的時候，我都覺得這句話有兩種意味，好像他爲自己不能再寫那樣的作品而感到可惜，但同時又分明是宣告他以後不再寫那樣的作品了。」[135]

據馮雪峰的追憶，魯迅說這些話的時候是在一九二九年，也就是海嬰誕生的同一年。馮雪峰認爲這一年是魯迅思想轉變的一大關鍵：以前，他還留在「小資產階級的左翼」，仍然免不了主觀、虛無和個人主義，一九二七年的上海清共大屠殺，對他是一大打擊，直到一九二九年，他才逐漸邁入無產階級的馬列主義的康莊大道[136]。就政治環境而言，一九二七年大屠殺以後的上海，的確「黑暗得可以」，左派文人的接連被捕和被害，新聞刊物的檢查，通緝令的濫用（**魯迅也曾在通緝之列**），使得一般文人多數傾左，魯迅對於南京政府的不滿，更是變本加厲。然而，痛恨右派並不表示立刻變成左派，事實上，魯迅在一九二七至一九二九年間，對於許多左派文人，也是不屑一顧的，以他思想的深沉，當然無法同意創造社和太陽社等左派團體亂叫的口號，因爲這些小伙子們思想太膚淺，所以魯迅在與馮雪峰閒談時就提到當時左派文人對於《野草》的攻擊：

> 「這回是引了我的『影的告別』，説我是虛無派。因為『有我所不樂意的在你們將來的黃金世界裡，我不願去』，就斷定共產主義的黃金世界，我也不願去了。……但我倒先要問，真的只看將來的黃金世界的麼？這麼早，這麼容易將黃金世界預約給人們，可仍舊有些不確實，在我看來，就不免有些空虛，還是不大可靠！」[137]

魯迅的這種懷疑論調，是十幾年來心理煎熬的結果，然而當時高喊普羅口號的年輕人，卻不能體會到這一點，他們要魯迅指出一點通往黃金世界的路，這位「青年導師」卻指不出來，對於將來，他只能有下面的說法：

「我自然相信有將來，不過將來究竟如何美麗、光明，卻還沒有怎樣去想過。倘說是怎樣才能到達那將來，我是以為要更看重現在；無論現在怎樣黑暗，卻不想離閉。」⑬⑧

這種看法當然是無法滿足當時的青年的，加以魯迅自身的諸多矛盾和顧忌，於是有些人就開始不耐煩了，於是大罵魯迅虛無、悲觀、陰暗，但是他們對於魯迅內心的問題——他的「積習」和「病症」——卻全然無法瞭解。魯迅的這些心理上的積習和病症，是無法用「革命的」馬列主義的立場來分析的，聰明人如馮雪峰，也只能勉強地下一個粗俗的結論：「他青年時候，決心並且事實上獻身於民族革命，對中國民族的前途抱著很美麗的希望，可是經歷了辛亥革命，尤其目睹了辛亥革命以後的軍閥的統治和種種復古的與反動的運動，他的希望終於變成了失望，同時對將來也發生了懷疑，可是事實上，他對革命和將來又仍舊抱著希望，他自己也並不贊成他的失望和懷疑的，只是又不能完全克服，這使他很苦悶，因此他把自己的這種失望的情緒和懷疑的思想稱作自己的『積習』或『病症』。」⑬⑨

這一個似是而非的解釋，根本沒有顧及到魯迅屢屢提起的他內心的「鬼氣」。而且，「積習」如何「積」起？這一點馮雪峰也沒有完善的交代，主要原因就是他純以政治立場看問題，完全忽略了魯迅的童年背景；更沒有從文化的觀點著力，所以忽視了大小傳統和新舊文化在魯迅內心的衝突。身為魯迅門徒的馮雪峰，畢竟還是沒有觸到魯迅的「痛」處。

馮雪峰認為：自一九二九年以後，魯迅終於從「自我思想鬥爭」中解脫出來，因為他「看見共產黨在堅決地繼續領導著人民，使革命深入地發展；他自己又已認真地研究著馬克思列寧主義的理論」，所以開始「在後期思想上向科學的共產主義的偉大躍進」⑭這一個觀點，並非完全錯誤，只是他沒有兼顧到內情的複雜，更沒有注意到魯迅晚年心理上的劇痛。

從心理的立場來看魯迅，一九二七至二九這一段馮雪峰所謂的自我思想爭鬥期，也是魯迅從孤寂進入親密、由兒子變成父親、由單身（**他的第一任夫人是「供」在母親家裡的**）而成家的時期，在他一生的心理過程中，這又是一個轉捩點。他心靈上的虛空得到了愛情的滋潤，在家庭生活上他得到了新的「實在」，所以他的作品型態也隨著改變，不再寫《野草》式的虛無文章了。這一個人生階段的特徵，愛理生稱之為「接代」（generativity）。筆者在此把這個字暫譯為「接代」，而略去了「傳宗」，不但是為了要保存愛理生學說之真諦，也是遵從魯迅的意旨。愛理生對於「generativity」的解釋是：「主要是對於建立和指引下一代的關心」⑭。父母由肌膚之親（**此即前文所提到的「Intimacy」這一個階段**）而產生子女，對於子女遂感到一種與生俱來的關切和期望，這種關切和期望，是基於父母在生理上和心理上的需要，所以愛理生認為許多沒有子女的人，在晚年產生一種心理上的「停滯感」（Sense of stagnation）⑭，對於人與人間的關係感到厭倦，對於創造發展感到乏力；因為自己沒有孩子，所以在心理上總覺得自己就是自己的孩子，遂沉緬於自憐、自大和自吹自擂。所以「接代或停滯」（generativity vs. stagnation）就是愛理生所論人生「八大階段」中的第七個階段，是正常成年人的徵象，是和青年期的「認同或認同混亂」及壯年期的「親密或孤寂」同等重要的。因為generativity主要是基於父母對於下一代的關切，所以「接代」的成份要比「傳宗」的成份大得多，換言之，愛理生也是以幼者為本位的，他曾經說過：「現在時興把兒童對成年人的依賴性誇大，這卻使我們不能注意到老一代對於少一代的依賴。成年人需要有被需要的感覺；成年時也須要自己所產生和照顧的下一代人的指引和激勵。」⑭換言之，老年人在心理上可能需要青年人，上一代可能更需要依賴下一代。

魯迅在晚年的確已達到「接代」的階段，自己做了父親之後，在心理上推而廣之，把許多向他求教的青年也視為自己的兒女。愛理生在闡釋「接代」問題的同時，也特別提到一種「接代危機」（generativity crisis），這是許多不凡的偉人往往會經歷得到的。正好像他們在「認同」的過程中，為了解決兒時的「咒」，為了超越父親和超越過去，而經歷長期的「認同混亂」一樣，在他們到了「接代」的階段時，也會發生另一種「危機」：因為他們不以自己的子女為滿足，而要通過自身而「關懷一個社會整體，甚至於人類；要把所有勢力薄弱、家無恆產，而心境純潔的人作為自己的家屬。」⑭

魯迅在「接代」上的需要，更甚於常人；他對於拜師在他們下的年輕人，可能比對自己的兒子更關切。所以當幾位熱血青年——如柔石等「五烈士」——被害時，魯迅悲痛欲絕之情，就好像死了自己的兒子一樣，他那篇《爲了忘卻的紀念》一文所以如此動人，也有其心理上的因素。對於其他的青年，魯迅也躬親實踐《我們現在怎麼做父親》一文中的主張：「健全的產生，盡力的教育，完全的解放」⑮，使他們能「超越了自己，超越了過去」，這樣才算是進步。然而可惜的是：儘管魯迅要犧牲自己，讓下一輩超越自己，年輕一代的文人中卻很少有人及得上魯迅的才華，他期望得愈殷，失望得也愈甚，左翼陣線上這批年輕小夥子的喧嚷，只能使魯迅由失望而憤激。做爲一個上一代的人，他願意接受下一代的指引和激勵，但是這些年輕人有時卻比老一輩的人更陰狠、更毒辣。魯迅於一九二七年在廣州飽嘗了失望的滋味，後來到了上海，在文壇上仍然是失望。魯迅之捲入政治，一方面是對於政府的失望，另一方面也是受了許多年輕人的刺激所致。因爲年輕的一代首先提出文學政治化的主張，魯迅在期望與失望的掙扎矛盾中，也隨著他們走上文學政治化的路，這一條路的極點，就是一九三〇年「中國左翼作家聯盟」的成立，魯迅並被邀在成立大會上致詞，正式加入。

魯迅與左聯關係的內幕，頗爲曖昧，一般中共文學史家認爲魯迅一直領導左聯，是不確的。左聯中有不少中國共產黨的地下工作者，左聯要爭取魯迅，中共也要透過左聯來爭取魯迅。但是魯迅和左聯的關係，並不十分和諧，香港的曹聚仁先生和晚近在美去世的夏濟安先生，都有此看法⑭，夏先生並引用魯迅寫給胡風的一封信，來表現魯迅當時的困境：

「以我自己而論，總覺得縛了一條鐵索，有一個工頭在背後用鞭子打我，無論我怎樣起勁的做，也是打，而我回頭去問自己的錯處時，他卻拱手客氣的說，我做得好極了，他和我的感情好極了，今天天氣哈哈哈……真常常令我手足無措，我不敢對別人說關於我們的話，對於外國人，我避而不談，不得已時，就撒謊。你看這是怎樣的苦境？」⑭

這一個「工頭」，可能就是黨在左聯中的地下工作人員，當時中共左派在上海執行文藝政策的主要人物之一是周揚⑭，其他人物包括夏衍、田漢和陽翰笙等，也就是魯迅在寫給徐懋庸公開信中所稱的「四條漢子」。這四位黨的工作者，雖然奉命要爭取魯迅，卻因作風和政策不同，激怒了魯迅。關於這一段複雜內幕，夏濟安先生在其所著英文專論——《魯迅與左聯的解體》——中有詳細的討論，最近周揚被整肅之後，中共也開始作翻案工作，直到現在，仍未了結⑭。這幾位「工頭」可能商請魯迅的得意門徒——徐懋庸——出面，於一九三六年寫了一封信給魯迅，挑撥離間，誣諂魯迅當時的弟子胡風和黃源爲「內奸」。徐懋庸曾是魯迅的得意高足，所寫的雜文，頗有乃師之風，但是他在這封信中竟然教訓起魯迅來了，這一下卻激起魯迅的盛怒，發表了這封公開長信——「答徐懋庸並關於抗日統一戰線問題」——把徐懋庸和這「四條漢子」罵得狗血淋頭⑮⓪。

「答徐懋庸」一信中的另一個問題是「抗日統一戰線」。一九三六年，中共宣布與國民黨政府聯合抗日，因此左聯解散，周揚等的任務是號召作家團結在「國防文學」的口號之下。然而魯迅生性耿直，當他飽受執政黨的壓力之後，恨之已極，而且他一旦走上左翼路線，也決不反悔，現在突然要他倒戈與執政黨在文藝上合作，這是魯迅所受不了的。與他同感的人可能不少，茅盾和胡風就是如此，於是上海文壇就掀起了「兩個口號」的論爭：周揚等「四大漢子」執行黨的決議，提倡「國防文學」，而魯迅等人則不願放棄普羅文學和群眾路線的革命方向，當然也擁護抗日，所以商訂了另一個口號——「民族革命戰爭的大眾文學」。兩派互不相讓，鬧得滿城風雨。

正當這個左翼陣營內鬨的時候，馮雪峰回來了。他於一九三三年離開上海，在延安工作了兩年，現在被黨派回上海做地下工作。中共所以派馮雪峰，據馮自供是「因為我和魯迅先生與茅盾先生等熟識，經過他們是能夠找到地下黨和群眾團體的關係的。」⑮①顯然，這個任務的另一個目的也是要馮雪峰向魯迅解釋黨的新路線，並且設法說服魯迅。馮於一九三六年四月到達上海，立即到魯迅住宅拜訪，師父見了徒弟，並不驚喜，卻先說了這樣一句話：「這兩年來的事情，慢慢告訴你罷。」⑮②吃過了晚飯，魯迅躺在籐椅上抽著煙，又用嘲諷的口吻說了一句：「我可看要落伍了。……」接著又說：「……脾氣也確實愈來愈壞，我可真的愈來愈看不起人了。」⑮③馮雪峰當時摸不清魯迅言下的意旨，在魯迅家住了兩個多禮拜後才逐漸瞭解「上海文藝界的一些糾紛，尤其革命的文學工作者中間的某些不團結的現象。」⑭據夏濟安先生的意見，馮雪峰不但沒有說服魯迅，卻反而受到魯迅的感召，轉而擁護「民族革命戰爭的大眾文學」的陣營裡來⑮。

魯迅在給徐懋庸的公開信中的滔滔雄辯，似乎結束了這一個無大意義的口號戰爭，表面上魯迅似乎是贏了，但內心裡他的憂鬱卻日益嚴重，因爲他知道這一個口頭上的勝利並沒有解決左翼作家的任何問題，左聯是解體了，不少人紛紛離開上海。幾年來魯迅在左聯的工作，並沒有甚麼文學上的建樹，雖然他罵了新月社和梁實秋，但是當梁實秋反問一句，要魯迅交出普羅文學的貨色來時，他也只好避重就輕，提了幾位蘇聯作家的名字塞責⑯，中國左翼陣營中的作家，雖經魯迅再三提拔，實在也沒有寫出甚麼像樣的東西來。左聯在文藝創作上沒有多大成就，卻在幕後鬧得烏煙瘴氣，魯迅左右受敵，既受周揚等人的挑撥離間，又受右派文人的攻擊和執政黨的大力鎮壓，一九三三年後，南京和上海成立了圖書雜誌檢查委員會，在上海檢查尤爲嚴格，魯迅的文章，幾乎沒有地方可以發表，時常更換筆名⑰。加以左聯解散時，中共黨方也沒有和魯迅仔細商討⑱，他氣憤之餘，也忍不住向馮雪峰說：「就這樣解散了，毫不看重這一條戰線！……」⑲，顯然是對「黨」不太滿意，所以當馮雪峰遊說他加入新成立的「文藝家協會」時，他很直截了當地說：「我還是不加入了，以後也不想加入甚麼團體，就一個人照例做點事情罷。」⑳魯迅臨死前的心境，可謂是集悲哀、憤慨、孤獨於一身，和魯迅甚稔的曹聚仁說：「我知道他是孤獨的，並不如一般人所想像的成爲青年的領袖呢！」㉑

如果照馮雪峰的說法：魯迅在未加入左聯時是孤獨的、矛盾的；加入左聯以後，步向了馬列主義的光明大道，領導熱血青年奮鬥，當然不會再孤寂了。孰知好景不常，一場「普羅夢」之後，還是換來了孤獨身。就心理的立場來看，魯迅加入左聯的政治活動，自有其原因在，他的「接代危機」的核心問題是：他對於下一代的需要，可能遠比下一代對他的需要更甚。他對海嬰的熱愛，是一個證明；由海嬰而推及於年輕作家的關注，是另一個更有力的寫照。他長期的「認同混亂」，找尋適當的時機、媒介和範疇的結果，構成了一個無法解決的矛盾：他的本性是孤獨的，前面提過他的自繪像也是一個孤獨者，但是他賦予自己的使命卻是「超越」自己的，包羅中國整個社會和下一代的全體中國青年，這是他早在日本時就立下的宏願，也是他決心棄醫學而經由文學的媒介從事文化工作的理由。在表面上來看，他的願望是達到了——他成了近代中國文壇最有名的人物，然而在內心中他還是失望的，因爲無論他如何熱心爲下一代服務——甚至把自己喻爲老牛，爲人耕田鋤草——下一代的人卻是有的背叛了他，有的比他早死，有的未能實現他的期望，更有人在幕後拆他的臺。魯迅對於青年，本有顧忌，那是因爲他總覺得自身舊社會的「鬼氣」太重，怕傳染給別人，正如同他最初對許廣平的追求不敢貿然接受一樣，因爲他覺得自己的出身和環境不配戀愛。幾經猶豫之後，他終於積極的行動了，不顧謠言與許廣平同居，也換來了家庭的幸福，然而他在上海文壇上的積極活動，卻沒有換得同樣幸福的結局。這兩種因素的錯綜與衝突，遂構成了他的「接代危機」。

魯迅雖然吃盡了下一代青年的苦頭，然而他仍然是需要青年的，在遭受到了一連串的失望與打擊之後，魯迅內心中最後的孤獨感，卻仍然不是厭世和悲觀的。他早在日本時期所寫的那首古詩，已爲自己的困境提出了一個解決方案：如果在「風雨如磐」之中，「荃民」還是「不察」的話，他仍然要「我以我血薦軒轅」。回國以後，他在新舊文苑中「荷戟獨徬徨」過，也在左右兩大陣營之外「挺戟獨衝鋒」過（套用許壽裳的話），徬徨與衝鋒之餘，他最後的一支「投槍」卻投向自己：成爲一個烈士——一個爲下一代取火而犧牲自己的普羅米修斯，這一個希臘神話中的英雄，遂變成了魯迅最後的自畫像，我們且看他自己如何描寫：

「人往往以神話中的Prometheus比革命者，以為竊火給人，雖遭天帝之虐待而不悔，其博大堅忍正相同。但我從別國竊得火來，本意卻在煮自己的肉的，以為倘能味道較好、庶幾在咬嚼者那一面也得到較多的好處，我也不枉費了身軀。」⑯²

普羅米修斯是魯迅心目中的革命者，但魯迅的革命精神，卻較普羅米修斯尤有過之：他非但不畏天神處罰，而且還要自己處罰自己，革自己的命，煮自己的肉，使下一代「得到較多的好處」。魯迅在短篇小說《藥》中，已經由革命志士「夏」的犧牲——使他的血得以潤育「華」大媽的兒子——襯托出這種烈士精神；在《我們現在怎樣做父親》一文中則顯示得更清楚：「自己背著因襲的重擔，肩住了黑暗的閘門，放他們到寬闊光明的地方去；此後幸福的度日，合理的做人。」⑯³魯迅爲下一代，自願背著中國舊傳統的重擔，肩住了它黑暗的閘門，而且還要偷來「西學」之火，先煮自己的肉，好讓青年人吃，這一個艱巨的任務，即使是「說唐」中的那位頂閘門的英雄或是希臘神話中的普羅米修斯和海克力士（Hercules），也無法肩負得起。他終於無法支持，「在無物之陣中老衰」，最後，這積壓了幾十年來的內心「黑暗勢力」的閘門，終於倒了下來，壓死了他。

五、魯迅的死

病與死是魯迅童年世界中的常事，也是他的小說世界中經常出現的主題，一九三六年夏天，魯迅終於親身體驗到病和死的實質，回憶和小說中的體裁，終於「再現」於自己的身上。魯迅的死是不同尋常的，因爲他自從三十年前在日本學醫的時候，就開始研究「靈魂的有無」和「死亡是否痛苦」⑯，回國後，他更經歷過多次他人的死亡，在北京任教時，三更半夜寫《野草》，也時常徘徊於地獄的邊緣，所以當一九三六年五月他不支病倒的時候，就「分明的引起關於死的豫想來」⑯。我們試觀魯迅在這一年所編寫的東西，多少都與死有關：翻譯果戈爾的「死靈魂」，整理剛剛死去的好友——瞿秋白——的《海上述林》，出版以受難和死亡爲特色的凱綏・珂勒惠支（Kathe Kollwitz）的版畫，甚至在自己所寫的文章中，也離不了以死爲主題——《這也是生活》、《女吊》和《死》這三篇文章，都是在他死前兩個月寫的。世界文豪中在死前一個月公然討論自己死亡的人，恐怕爲數不多。

魯迅於五月中病倒，五月底病況日益沉重，他的好友史沫特萊（Agnes smedley）和茅盾特別請了一位美國醫師——也是上海最好的兩個肺病專家之一——來爲魯迅看病[166]。診斷之後，稱譽魯迅爲「最能抵抗疾病的典型的中國人，然而也宣告了我的就要滅亡；並且說，倘是歐洲人，則在五年前已經死掉。」[167]這一個死亡的宣告，對於魯迅心理打擊之大，是無法否認的，魯迅筆頭雖然頑強，也不得不承認：

「我並不怎麼介意於他的宣告，但也受了些影響，日夜躺著，無力談話，無力看書。連報紙也拿不動，又未曾煉到『心如古井』，就只好想，而從此竟有時要想到『死』。」[168]

魯迅到底怎樣想死？當他一日夜躺著，無力談話」的時候，自己的靈魂又在思索些甚麼呢？雖然他自承所想的僅是「臨終之前的瑣事」，並且宣布：「在這時候，我才確信，我是到底相信人死無鬼的」[169]，這種說法，無異是「此地無銀三百兩」，怎麼能令人相信？即使他「上意識」中確信無鬼，他的「下意識」中又作何想法？許廣平說他做了一個夢：「他走出去，他見兩旁埋伏著兩個人，打算攻擊他，他想：你們要當著我生病的時候攻擊我？不要緊，我身邊還有匕首呢，投出去擲在敵人身上。」⑰這兩個敵人是誰？是周揚和徐懋庸變成了魔鬼？還是魔鬼現了人形，在催他的命？魯迅臨終前對於他的敵人「疑神疑鬼」的態度，不禁使人想起了《狂人日記》中的主角。也許我們應該這樣解釋：魯迅的這個夢和他寫的有關死的文章，代表了一股超人的「自我」（Ego）力量，他把夢講給人聽，把文章發表出來，都是一種「去邪」或「破咒」（exorcise）的工作，似乎把自己肺腑中的陰魂取出來嘲諷和匕殺之後，就可以消滅——最少也可以減退——這股黑暗勢力的威脅，這正顯示出他求生意志堅強，面對死亡而奮鬥不懈。這一股求生的意志，使他的大病有幾次轉機，有一次：

「有了轉機之後四五天的夜裡，我醒來了，喊醒了廣平。」

「給我喝一點水。並且去開關電燈，給我看來看去的看一下。」

「為甚麼？……」她的聲音有些驚慌，大約是以為我在講昏話。

「因為我要過活。你懂得麼？這也是生活呀。我要看來看去的看一下。」

「哦……」她走起來，給我喝了幾口茶，徘徊了一下，又輕輕的躺下了，不去開電燈。

我知道她沒有懂得我的話。

街頭的光穿窗而入，屋子裡顯出微明，我大略一看，熟識的牆壁，壁端的稜線，熟識的書堆，堆邊的未訂的畫集，外面的進行著的夜，無邊的遠了，無數的人們，都和我有關。我存在著，我在生活，我將生活下去……⑰

爲了證明他的存在，但也爲了承認死亡的降臨，他立了一個自嘲式的遺囑：

「一、不得因為喪事，故受任何人的一文錢。——但老朋友的，不在此例。
二、趕快收斂、埋掉、拉倒。
三、不要做任何關於紀念的事情。
四、忘記我、管自己生活。——倘不，那就真是糊塗蟲。
五、孩子長大，倘無才能，可尋點小事情過活，萬不可去做空頭文學家和美術家。
六、別人應許給你的事物，不可當真。
七、損著別人的牙眼，卻反對報復，主張寬容的人，萬勿和他接近。」⑰

這篇「遺囑」雖然是嘲諷之作，但也反映出魯迅臨終前的心境。我們稍加分析，可以看出：最後三項，都是針對著文壇惡少而擲的投槍；前面四項，似乎是自謙，也是自嘲，卻更顯示出魯迅臨終前的絕望——這一生就此完結，毫無所獲，還是趕快埋掉、拉倒、忘記了我這一生吧！愛理生爲老年階段提出的一個字眼是「自我完善」（Ego Integrity）——描寫的是一個到達人生旅途終點的老人，他回顧全程，感覺此生之所以然和所必然，盡人事而知天命，死而無憾⑰。如果魯迅回顧他的一生——兒時家境的坎坷，青年時的漂泊，中年時的孤寂，老年時的憤激和失望——他一定不會爲自己寫傳記的；他的人格、際遇和環境，使他臨終前無法實現愛理生的理想，卻多少嚐到了「自我完善」的反面——絕望。

魯迅於十月十七日著了涼，病情於十月十八日轉劇，當時據須藤醫生的診斷是：顏色蒼白，呼吸短微，冷汗淋漓，熱度三五點七度，脈細實，時有停滯，腹部扁平，兩肺時有喘鳴⑰。魯迅還深以爲怪，問道：「我的病，如此嚴重了嗎？」⑰當晚加注強心針，胸內甚悶，心部感到壓迫，終夜冷汗下流；十九日凌晨，開始氣喘——他父親臨終前的同一病徵，好在海嬰還只有七歲，沒有「叫魂」——五時二十五分，魯迅心臟痲痺，呼吸停止，終於溘然長逝！

當魯迅生前的朋友與敵人、徒子或徒孫爲他送殯、贈輓聯、發表演說、盛大公祭之時，魯迅的靈魂，可能已在地下冷笑了：「足下，我不是甚麼偉人……。」在他被「埋掉、拉倒」的十一年前，魯迅早已爲自己立下了「墓碣文」：

「……于浩歌狂熱之際中寒；于天上看見深淵。于一切眼中看見無所有；于無所希望中得救。……

「……有一遊魂，化為長蛇，口有毒牙。不以嚙人，自嚙其身，終以殞顛。……

「離開……」[176]

注釋

①魯迅，〈死後〉，《野草》（香港新藝出版社《魯迅三十年集》翻印本，一九六七）。

②《魯迅書簡》上冊（北京：人民文學出版社，一九五三年），九七頁。

③關於前者，書籍繁多，可看：姚文元，《魯迅——中國文化革命的巨人》（上海：上海文藝出版社，一九五九）；邵伯周，《魯迅研究概迷》（武漢：湖北人民出版社，一九五七）；何幹之，《魯迅思想研究》（東北書店，一九四九）；王士菁，《魯迅傳》（北京：中國青年出版社，一九六二）：《黨給魯迅以力量》（河南省文聯編輯出版部，一九五一）等等，這些書，香港坊間或圖書館仍能尋到。馮雪峰對魯迅的研究，是這一類書中出類拔萃之作，容後詳論。香港曹聚仁先生的《魯迅評傳》、《魯迅手冊》、《魯迅年譜》等書，也甚出色，論點也較中肯，惜未能深入。英文方面，代表這一類看法的是：Huang Sung-k'ang, Lu Hsun and the New Culture Movement of Modern China（Amsterdam, 1957）。關於後者，可看：鄭學稼，《魯迅正傳》（香港：亞洲出版社，一九五三）及蘇雪林、梁實秋、林語堂諸先生有關魯迅的文章。

④馮雪峰，《回憶魯迅》（北京，人民文學出版社，一九五二）二十頁。

⑤魯迅，《寫在〈墳〉後面》，《墳》（香港：新藝出版社翻印本，一九六七）。

⑥周遐壽，《魯迅的故家》（香港：大通書局翻印本，一九六二），七頁。

⑦曹聚仁，《魯迅年譜》（香港，一九六七），十一頁。

⑧魯迅，《朝華夕拾》（香港：新藝出版社翻印本，一九六七），五一頁。

⑨同上，五二頁。

⑩同上，五四頁。

⑪同上，二一頁。

⑫同上，二三頁。

⑬周遐壽，《魯迅的故家》，三八頁。

⑭魯迅《且介亭雜文末編》，《魯迅全集》第六冊（北京：人民文學出版社，一九五八），五〇〇頁。

⑮同上，五〇一至五〇二頁。

⑯T.A.Hsia. "Aspects of the Power of Darkness in Lu Hsun," Journal of Asian Studies,Vo1.XXIII,No.2（Fed,1964）,pp.195-207。此文並被收入夏先生之英文論文集The Gate of Darkness（Seattle:University of Washington Press,1969）。

⑰關於此點，筆者贊同周作人的意見。請參看周遐壽，《魯迅小說裡的人物》（上海：上海出版公司，一九五四），七六頁。
⑱關於魯迅與鄉間子弟之間的「隔離感」，《吶喊》集中的《社戲》一文已經露出一點端倪，而《故鄉》一文則表現得更徹底。
⑲周遐壽，《魯迅小說裡的人物》，一二六至一二七頁。
⑳周遐壽，《魯迅的故家》，三九頁。
㉑同上，四〇頁。
㉒同上，九二頁。
㉓魯迅，《朝華夕拾》五八至六十頁。
㉔同上，六〇至六一頁。
㉕同上，六三至六四頁。
㉖衍太太可說是周家的「煞星」。伯宜公染上了鴉片癮，也是衍氏夫妻循循善誘的結果。請參見：周遐壽，《魯迅的故家》，三九頁。
㉗魯迅〈自序〉《吶喊》集（香港：新藝出版社翻印本，一九六七）六頁。
㉘魯迅〈祝福〉，《徬徨》集（香港：新藝出版社翻印本，一九六七），九至十頁。
㉙同上，十頁。

㉚魯迅，《野草》五〇頁。

㉛同上，六一頁。

㉜魯迅，〈死〉《且介亭雜文末編》《魯迅全集》第六冊四九四頁。

㉝同上，四九六頁。

㉞Erik H.Erikson,Gandhi's Truth（New York:Norton & Co.,1969）。

㉟Erikson,*Insight and Responsibility*,（New York:Norton & Co.,1964）pp.202-203。

㊱同上。

㊲魯迅，《寫在「墳」後面》，《墳》（香港：新藝出版社《魯迅三十年集》翻印本，一九六九），二六二頁。

㊳Erikson "In Search of Gandhi," Daedelus（Summer, 1968）p.726。

㊴魯迅，〈五猖會〉，《朝華夕拾》（香港：新藝出版社翻印本，一九六七），三七至三八頁。

㊵關於「認同」和「認同混亂」二詞的詳細說明，可參閱Erikson, Identity:Youth and Crisis（New York: Norton & Co.,1968）。

㊶魯迅，〈自序〉，《吶喊》（香港：新藝出版社翻印本，一九六七）六頁。

㊷魯迅〈瑣記〉《朝華夕拾》七〇頁。

㊸同上，七一頁。

㊹同上。
㊺周遐壽，《魯迅小說裡的人物》（上海：上海出版公司，一九五四），二七八頁。
㊻魯迅，《吶喊》〈自序〉，六頁。
㊼同上，七頁。
㊽周遐壽，《魯迅小說裡的人物》，二二八頁。
㊾周遐壽，《魯迅的故家》（香港：大通書局翻印本，一九六二），一九二頁。
㊿同上，一九〇至一九一頁。
51許壽裳，《亡友魯迅印象記》，收於許壽裳、鄭振鐸，《作家談魯迅》（香港：文學研究社，一九六六），四頁。
52同上，五頁。
53《魯迅詩箋選集》（香港：文學研究社，一九六七），二至三頁。
54同上，三頁。
55魯迅，《吶喊・自序》，十頁。
56同上，七頁。
57就愛理生的心理學觀點而言，「危機」（Crisis）並不一定有危險或反常的含義，僅指「一個或向好或向壞的轉捩點；一個有決定性的時期，於此時期內一個向一方或另一方決定性成為無可避免。」見Insight and Responsibility, p.139。
㊿魯迅，〈藤野先生〉，《朝華夕拾》，七八頁。
59許壽裳，《亡友魯迅印象記》，十六頁。
60魯迅，《吶喊》〈自序〉，七頁。
61曹聚仁，《魯迅年譜》（香港：三育圖書文具公司，一九六九），二九頁。本文所列魯迅生平各年代，悉依此書。
62魯迅，《吶喊》〈自序〉，七至八頁。
63同上，八頁。
64《墳》，九七至九八頁。
65《墳》，四十三頁。
66參閱拙著，《五四運動與浪漫主義》，「明報月刊」第四卷第五期（一九六九）。
67邵伯周，《魯迅研究概述》（武漢：湖北人民出版社，一九五七）十九至廿一頁。
68魯迅，《吶喊》〈自序〉，八至九頁。
69同上，八頁。
70同上，八至九頁。
71周遐壽，《魯迅小說裡的人物》，一八四頁。

⑫《魯迅詩箋選集》，八頁。
⑬許廣平，《魯迅回憶錄》（北京：作家出版社，一九六一），三八至三九頁。
⑭同上，三九頁。
⑮同上，四二頁。
⑯同上，四二至四三頁。
⑰同上，四四頁。
⑱魯迅，《華蓋集》《魯迅全集》第三（北京人民文學出版社，一九五八）九頁。
⑲周遐壽，《魯迅的故家》，二一六頁。
⑳同上，二一五頁。
㉑魯迅，《吶喊》〈自序〉，九頁。
㉒同上。
㉓許壽裳，《亡友魯迅印象記》，三八頁。
㉔同上。
㉕魯迅，〈孤獨者〉，《徬徨》（香港：新藝出版社翻印本，一九六七）一一七頁。
㉖同上，一一六頁。
㉗魯迅，〈自序〉、《吶喊》（香港：新藝出版社翻印本，一九六七），十一頁。

⑱《魯迅詩箋選集》（香港：文學研究社，一九六七）一一一頁。
⑲曹聚仁，《魯迅年譜》（香港：三育圖書文具公司，一九六七），四十四頁。
⑳《兩地書》，收於《魯迅全集》第九卷（北京：人民文學出版社，一九六八），二七頁。
㉑魯迅〈這樣的戰士〉，《野草》（香港：新藝出版社翻印本，一九六七），六七至六八頁。
㉒同上，六八頁。
㉓魯迅《吶喊》〈自序〉，五頁。
㉔Erik Hrikson, "In Search of Gandhi" ,Daedelus（Summer, 1967）,P.726。
㉕許欽文，《吶喊分析》（香港：文采出版社翻印本，一九七〇），十三頁。
㉖魯迅《南腔北調集》，《魯迅全集》第四冊，三九四頁。
㉗魯迅，《墳》（香港：新藝出版社翻印本，一九六七），二六二頁。
㉘《魯迅書簡》上冊（北京：人民文學出版社，一九五三），五頁。
㉙魯迅，《墳》二六二頁。
⑩許壽裳，《亡友魯迅印象記》，收於許壽裳、鄭振鐸，《作家談魯迅》（香港：文學研究社，一九六六），五一頁。
⑩同上，五十頁。
⑩同上。

103 許廣平，《魯迅回憶錄》（北京：作家出版社，一九六一），五十五頁。

104 同上，五一頁。

105 同上，五六頁。

106 許廣平，《魯迅回憶錄》，五一頁。

107 Erikson,Childhood and Society（New York:Norton paperdack,1963）,p.278。

108 《兩地書》《魯迅全集》，第九冊，十三至十四頁。

109 同上，十八頁。

110 同上，二三九頁。

111 Erikson,“In Search of Gandhi”,P.726。

112 魯迅，《墳》（香港：新藝出版社翻印本，一九六七），一一六頁至一一八頁。

113 同上，一一九頁。

114 許廣平，《欣慰的紀念》（北京：人民文學出版社，一九五一）一五七頁。

115 同上，一六二頁。

116 同上，一六三頁。

117 同上，一六八頁。

118 同上，一七八頁。

⑲魯迅，《魯迅書簡》上冊（北京：人民文學出版社，一九五三），二六八頁。
⑳同上，二七一頁。
㉑同上，二七三頁。
㉒同上，二七九頁。
㉓同上，二八三頁。
㉔同上，二八七頁。
㉕同上，二九八頁。
㉖同上，二九九頁。
㉗引自曹聚仁，《魯迅評傳》（香港：新文化出版社），一三九頁。
㉘同上，一四〇頁。
㉙同上。
㉚蕭紅，《回憶魯迅先生》（重慶：生活書店，一九四一）。
㉛參看王瑤《中國新文學史稿》（上海：新文藝出版社，一九五三）上海，一四八至一五〇頁。
㉜馮雪峰，《回憶魯迅》（北京：人民文學出版社，一九五三），九頁。
㉝同上，二十頁。
㉞同上。

⑬同上，二三頁。
⑬同上，二六頁。
⑬同上，十六頁。
⑬同上，十九頁。
⑬同上，三五至三六頁。
⑭同上，十四頁。
⑭Erik H.Erikson.Identity:Youth and Crisis（New York:Norton & Co., 1968）.p.138。
⑭Ibid.
⑭Erikson,Childhood and Society（New York:Norton Co., 1963）,pp.266-267。
⑭Erikson, "In Search of Gandhi," Daedelus（Summer, 1968）,p726。
⑭魯迅，《墳》，一二三頁。
⑭曹聚仁《魯迅評傳》，一一三頁。T.A.Hsia "Lu Hsun and the Dissolution of the League of Leftist Writers," The Gate of Darkness（Seattle:University of Washington Press, 1968）.pp.101-145。
⑭魯迅，《魯迅書簡》下冊，九四七頁。
⑭曹聚仁《魯迅評傳》，一一三頁。
⑭光明日報於一九七一年一月份又掀起對「四條漢子」的攻擊。消息摘自《星島日報》

（一九七一年一月廿一日），第四版。

150 詳見《且介亭雜文末編》，《魯迅全集》第六冊（北京：人民文學出版社，一九五八），四二八至四四一頁。

151 馮雪峰，《回憶魯迅》，一四四頁。

152 同上，一四五頁。

153 同上，一四六頁。

154 同上，一四七頁。

155 T.A.Hsia,The Gate of Darkness,p.125。

156 魯迅，〈「硬譯」與文學的階級性〉，《二心集》，《魯迅全集》第四冊（北京：人民文學出版社，一九五八），一六七頁。

157 曹聚仁，《魯迅評傳》，二四頁。

158 馮雪峰，《回憶魯迅》，一五六至一五七頁。

159 同上，一五七頁。

160 同上。

161 曹聚仁，《魯迅評傳》，一二四頁。

162 魯迅，〈「硬譯」與文學的階級性〉，《魯迅全集》第四冊，一七〇頁。

(163) 魯迅《墳》，一一五頁。

(164) 魯迅，〈死〉，《且介亭雜文末編》，《魯迅全集》第六冊四九四頁。

(165) 同上，四九五頁。

(166) 馮雪峰，《回憶魯迅》，一六八頁。

(167) 魯迅，《死》，四九五頁。

(168) 同上，四九五至四九六頁。

(169) 同上，四九六頁。

(170) 引自曹聚仁，《魯迅評傳》，一四四頁。

(171) 魯迅，〈這也是生活〉，《且介亭雜文末編》，《魯迅全集》第六冊，四八五至四八六頁。

(172) 魯迅，《死》，四九六頁。

(173) Erikson,Childhood and Society,p.268。

(174) 引自曹聚仁，《魯迅評傳》，一四五頁。

(175) 同上。

(176) 魯迅，〈墓碣文〉，《野草》集，（香港：新藝出版社翻印本，一九六七），五三頁。

附錄二

《野草》：希望與失望之間的絕境

李歐梵

《野草》是魯迅創作中一個獨特的集子。其中的二十三篇散文詩不但是魯迅最具靈感的作品，也是中國現代文學中獨具一格的一種體裁。魯迅自己也非常珍愛這些篇章，稱之為「廢弛的地獄邊沿的慘白色小花」（卷四，第三五六頁），是由他黯淡的情緒和受苦的感情所組成的潛意識超現實世界的文學結晶。這樣一種試驗性的力作，他在晚年已不能再做，後來也沒有任何一位中國現代作家能做到這樣。已故夏濟安教授認為這個集子中的大多數內容是：「萌芽中的真正的詩：浸透著強烈的情感力度的形象，幽暗的閃光和奇異的線條時而流動時而停頓，正像熔化的金屬尚未找到一個模子。①」魯迅對形式試驗和心理剖析兩種衝動的結合，形成了象徵主義藝術一次巨大的收穫。

這個集子的形式和感情的獨特和魯迅寫作時的個人心情是有關係的。從一九二四年九月到一九二六年四月，是魯迅一生中相當痛苦的時期。這時，「五四」運動的高潮已經低落，他已失去了許多早期寫作特色的戰鬥精神。在主持《新青年》的人們分裂以後，他把自己描寫為一個在舊戰場上徘徊的餘零的兵卒，將當時出的第二個小說集題名為《彷徨》，又將當時的兩個雜文集題名為

《華蓋》。這些表明，魯迅已又一次陷於抑鬱之中。

和周作人的失和以至決裂可能也是魯迅這段時間情緒不好的原因之一。在魯迅本人的日記以及許壽裳、許廣平的回憶錄中，都可以看到這件事對魯迅情緒的影響。可以說，他的心靈受到極大的震動。這件事發生在一九二三年八月，從九月起他就大病一場，延續了三十九天。爲此，他於翌年五月搬出與周作人同住的家，移居西三條胡同。《野草》的大多數篇章就是在那裡寫的。

這一時期發生的女師大事件也對魯迅的情緒有所影響。這是魯迅首次捲入學生的政治活動，當時的鬥爭深深擾亂了他。八月份他被教育部解聘。據說一九二五年整個夏天他大量地喝酒抽煙。《野草》中最灰暗的那些篇章就是這段時間寫的。當然他在這一事件中同時也得到了來自許廣平的安慰，她是學生領袖之一，後來與魯迅結合同居。一九二六年一月以後，女師大重新開學，他在教育部的職位也恢復了，他的情緒似有好轉。寫於一九二五年十二月至一九二六年四月的那些篇章就呈現較少的內省情緒和較多的戰鬥思想。按照大多數左翼研究者的看法，魯迅此時已經解決了精神上的「虛無」困境，從抑鬱中解脫出來，再次成爲堅強的戰士②。

一、散文詩的現代光華

魯迅一九三一年在《野草》英文譯本的序中，說到寫作這些作品時北京的情況：「那時難於直說，所以有時措詞就很含糊了。」（卷四，第三五六頁）當時魯迅已完全進入左翼陣線。這是關於這個集子的公開說明。但是，《野草》中作品的藝術美卻表明了：那些「含糊的措詞」決不僅僅是爲了避開審查的伊索式語言。它們不僅揭示出他對當時社會環境的不滿，更重要的是，還揭示了他本人內心緊張的某種狀態，顯然是現實的政治和政治思想範疇以外的內容。正如許壽裳所說，《野草》不是別的，「可說是魯迅的哲學」③——得自認真感覺的經驗中對人生的一般看法。

魯迅是怎樣把他的感情轉化爲藝術的呢？這樣一位認真的藝術家是不會像當時的青年作家那樣直抒自己受挫折的感情的，他必須找到能夠包容他哲學沉思的適當形式，必須構築起適合於這一目的的語言。造就是我分析《野草》的起點。

魯迅謙虛地否認《野草》是自己創作的一種新的文學體裁。只說：「有了感觸，就寫些短文，誇大點說，就是散文詩，以後印成一本，謂之《野草》。得到較整齊的材料，則還是做短篇小說。」（卷四，第四五六頁）其實，也如他的其他創作一樣，這種「小感觸」並非一時的衝動。有些思想早在一九一九年就已開始萌發，當時已經寫成簡短的「隨感」，如總題爲「寸鐵」的四則和總題爲「自言自語」的七則都是（卷八，第八九至九六頁）。其中的四則後來被賦予更豐富的血肉而成爲散文詩，在《野草》上發表。或許正是由於這些「小感觸」不尋常的性質，魯迅才著意尋找承載它們的不尋常的文字形式。

「散文詩」是現代名詞，是將中國古代文學中的散文和詩相結合的一種新體裁。正如西方的

「抒情小說」一樣，是擺脫詩的韻律節奏的束縛，用散文來實現詩的功能。可以把魯迅的散文詩看作散文的一種特殊類別：個人雜感的詩意的變體。他在寫《野草》時正好在譯廚川白村的《苦悶的象徵》。《野草》的寫作中也可能有廚川的影響。廚川認爲散文是作家自我的產物。散文的本質是作家豐富地表現了自己的個性，「其興味全在於人格的調子」。他還認爲散文中最具個性的一類讀來應當像詩，因爲它既有詩的抒情因素，用散文來表現，又無須勞精蔽神於詩的藝術技巧之拘束，實際上是詩與散文之間的橋（一九七三年《魯迅全集》，卷十三，第一六五頁）。此外，廚川《苦悶的象徵》的佛洛依德藝術觀給魯迅的印象似乎更深。他將文藝的根源歸之於心理的創傷，正如魯迅在譯序中所說：「生命力受了壓抑而生的苦悶懊惱乃是文藝的根柢，而其表現法乃是廣義的象徵主義。」因此，藝術創作的功能和夢的功能非常相似，在兩者中，顯層的內容都只不過是人的潛意識所渴求的一種扭曲的轉化。下面一段廚川的陳述是很重要的（魯迅的原譯文）：

藝術的最大要件是在具象性。即或一思想內容，經了具象底的人物、事件、風景之類的活的東西而被表現的時候；換了話說，就是和夢的潛在內容改裝打扮了而出現時，走著同一的徑路的東西，才是藝術。

（一九七三年《魯迅全集》，卷十三，第五一頁）

這裏的關鍵點是廚川對藝術地「改裝打扮」的強調，也就是將個人經驗的原料創造性地調整爲象徵的結構。正如在夢中一樣，這種調整目的不在直接反映，而在以藝術方式的意象扭曲投射出內在心理被壓抑的創傷。爲此，它要求象徵的技巧。《野草》在某種意義上也是實現廚川藝術理論的試驗，是非常西方化的。散文詩中召喚出了一系列受折磨的形象，徘徊在夢似的境界裏，散發出現代的光華，獨立地遠離於中國傳統之外。

中國文學傳統中的賦也可以算做散文詩，它可以召喚出意象，可以談論問題，甚至可以講故事。但是魯迅的散文詩卻顯然和賦的傳統無關，不僅由於他突出的對心理的興趣，也由於他創造了前所未見的一系列詩的意象，它們成功地變幻出了「一種恐怖和焦慮，一種我們可稱之爲現代化的經驗」④。他還在散文詩中結合進了一些現代小說的手法，如性格刻畫、對話、視覺變換、敘述者呈現的複雜角色等。有些最有力的篇章是小說式地寫出的。如寓言式的《失去的好地獄》，首先由暗含的作者敘述（在夢中），然後再由自稱魔鬼的人物來說話。在《死火》中，是在敘述者（夢幻者）和主人翁（凍結在冰裏的奇異的死火形象）一長串玄奧的對話中描繪出的一種悖論的世界。透過這段長長的對話，魯迅成功地將文章開始時的一般描寫轉向熱切的小說味的散文詩。集中最長的一篇《過客》，則是用濃重的象徵劇形式寫出的，劇中的三個人物進行一長串富有哲理的對話。

在《野草》中極易發現三個交織的層次：召喚的，意象的，隱喻的。魯迅像中國古代詩人一樣，很能在詠物中作召喚性，即引起聯想的描寫。但他的語言卻很少是直接的，詞語往往是由奇異的形象組成，整篇的語境有時也可從超現實的隱喻層次會意。夏濟安曾觀察到魯迅能使白話「做到以往從來未做到過的、連文言也做不到的事」⑤，並引用給人印象最深刻的《墓碣文》爲例，說明魯迅將文言風格和現代白話結合起來，產生特別適於強調詩的幻覺夢境及其混合時態結構的極好視聽效果。夏濟安還指出在《影的告別》裏，魯迅怎樣透過從文言中取來的「然而」一詞的重複，達到了一種「迂緩結鳩」的節奏。顯然，這種賦予散文某種節奏和適於較抽象內容哲理調子的文言詞組和句法的插入，對魯迅的風格是有所豐富的。爲此目的，魯迅甚至借用佛家語（如「三界」、「大歡喜」），並不憚於自己鑄造新詞（如「無地」、「無物之障」）。這種古語奇句的運用創造了一種複雜的文學效果，是其他中國現代作家極少達到的。兩篇《復讎》也是魯迅語言奇巧的例證。第一篇裏呈現出視覺的複雜（特別是開始一段關於人的血與肉的濃重的描寫），第二篇則偏於聽覺，似乎是某種迷人的宗教佈道。總之，憑著那種新奇的意象組成既是潛藏的又是揭示著的語言，《野草》確已達到真正的現代「非通俗化」的效果。當時中國的文學作品大都是限於現實主義，這個集子卻放射獨特的意味。從這意義上說，我們可以認爲《野草》比魯迅那兩個小說集竟是「非典型」的。

二、《野草》與夢似的世界

《野草》的第一篇《秋夜》是魯迅散文詩召喚力的最好說明。第一段是平實的具體後園場景的描寫：「在我的後園，可以看見牆外有兩株樹，一株是棗樹，還有一株也是棗樹。」這種看來平實的句子其實是障眼法，因爲隨著作者想像的飛翔，這種實境立即就轉化爲仙境了。所有的自然界實物：夜空、星星、月亮、粉紅花、小青蟲，都被織進了幻想中去，並且都取了擬人的形式，和作者的幻想交織在一起。夜空變得「奇怪而高」，「彷彿要離開人間而去」，而且「口角上現出微笑，似乎自以爲大有深意」，小粉紅花開始「夢見春的到來，夢見秋的到來」；兩株落盡了葉子的棗樹「也知道落葉的夢」。這時，讀者才知道這自然的「後園」不是別的，它只是詩人在狂想中失落了自己的一所夢的花園。

人們可能說魯迅在這裏所用的技巧仍然有中國傳統自然詩的味道，正如中國古詩那樣，詩人的感情和外界自然的情態微妙混合，達到一種抒情境界。但是魯迅的抒情卻並不是典型的中國「情境」理想的重現。因爲在中國古詩裏，情與境並非完全分開的兩個實際，寧可說，自我和自然是相互作用並相互共鳴的。雖然詩人是從他自己的感受角度看自然，但並不透過自己的意識去扭曲它。自然和詩人的主觀視象由是而在詩意的溶合中相互交流。

魯迅的詩篇卻相反，這裏是現實在和幻想相爭。《秋夜》之奇不僅來自詩意的想像，同時也來自魯迅對主觀境界著意的精巧處理。在詩篇將近結束時有如下一段：

我忽而聽到夜半的笑聲，吃吃地，似乎不願意驚動睡著的人，然而四圍的空氣都應和著笑。夜半，沒有別的人，我即刻聽出這聲音就在我嘴裏，我也即刻被這笑聲所驅逐，回進自己的房。燈火的帶子也即刻被我旋高了。

（卷二，第一六三頁）

笑聲顯然是表示突然向現實的回歸：癡迷已經打破，詩人的狂態也停止了。但這種突然的轉化也包括兩個方面：是作者的一方面在笑作者的另一方面。在《野草》中還有許多篇也用了這種小說技巧。而且，狂想只是被笑聲暫時打斷，當詩人開始欣賞那些撲燈的小青蟲時，狂想又重新開始了。或許正是對剛才詩人幻想飛翔的微妙提醒吧，詩人的自我又開始做夢，又一次被笑聲所打斷。詩篇最後結束在現實的調子裏，但仍帶有抒情召喚的意味：「我打一個呵欠，點起一支紙煙，噴出煙來，對著燈默默地敬奠這些蒼翠精緻的英雄們。」

以夜和夢的情緒爲背景的《秋夜》，是《野草》中最適宜將讀者引入整個集子的首篇。實際上，《野草》的世界也就是詩人狂想的幽暗花園。讀者進入這世界以後就會發現這種情緒在許多篇章裏都持續著。這些篇章有著類似《秋夜》的抒情結構，並將詩人的自由聯想擴展到更加虛幻的領域。在《好的故事》裏，詩人深夜坐在一盞燈旁，在朦朧欲睡的狀態中，看見一個美好的鄉村。這個「好的故事」（它是這個夢魘似的集子裏提供的唯一好夢）正在展開時，突然因詩人的醒覺而被打斷，美麗的形象於是化爲難於補綴的碎片，似乎說明這混合融匯著一切美麗事物的完滿世界只是幻想，在有著不可解決的兩極的現實世界中是不可能存在的。因此，詩人一旦醒來，就不可能追回和完成這個故事。

有時，詩人的主觀視象也可能貫穿全篇而不被現實的、常識性的思考所打擾。在《臘葉》中，是一件自然物（病態的、臘黃的楓葉）觸發了詩人長時間的默想，因爲在詩人的注視下，它此時的「眸子」已「不復似去年一般的灼灼」。隱藏在這鏡子似雙重形象的相互注視之後的，是詩人自己有病的、蕭瑟的情緒⑥。集子中寫得最好的抒情篇章或許是《雪》，這裏抒情場景圍繞著南方和北方兩種雪的對比而給以啓示：雪的兩種形象，成爲詩人往昔青年時代和當前的他的隱喻。對南方雪景的描寫是色彩豐富的：血紅的山茶花，白中隱青的梅花，深黃的臘梅，冷綠的雜草，以及作爲中心形象的、孩子們堆塑起來的有著鮮明色彩的雪羅漢。但是詩人現在居住在那裏的北方的雪，卻是沒有色彩的，如粉、如沙，決不黏連。這些描寫可以說都是實景，但是在雪化爲雨時，所寫的景象就是不那麼現實主義的了：

在無邊的曠野上，在凜烈的天宇下，閃閃地旋轉升騰著的是雨的精魂……。是的，那是孤獨的雪，是死掉的雨，是雨的精魂。

（卷二，第一八一頁）

在這些抒情詩裏，自然景象的描寫似乎已經浸透了幻想的、隱喻的意象。這不僅賦予魯迅的散文詩意，而且由於大膽地離開了中國古詩中自然意象的運用，決定了魯迅散文詩的「現代性」。普實克曾論證魯迅的散文詩讀來很像波特萊爾的《散文小詩》⑦。如果說，魯迅的小說雖有許多象徵主義的屬性，卻仍然立足於現實主義；他的散文詩則絕對屬於象徵主義的結構，再加上許多小說和戲劇的手法，似乎是在講述一個夢或寓言領域內虛構的「故事」。

《野草》中多數篇章完全離開了現實並投入一個夢或夢似的世界。這些夢是「如此奇麗，如此狂亂的恐怖，使得它們簡直成了夢魘。就是那些沒有點明是夢的篇章，也有著那種不連貫的和使現實錯位的夢魘的性質」⑧。這些關於夢的詩不一定是真夢的重述，相反，可能倒是一些在藝術上傾向於潛意識，但實際上是有意識的創造。集中有七篇是以「我夢見……」開始的。它的作用可以和《狂人日記》中那段僞托的作者前言相比，都在提醒讀者：這不過是一個夢，從而將讀者從現實通常的感覺推開。作者由是便得到一種詩的特許權，可以放任自己的藝術想像浮游於超現實的怪異領域。

例如《死後》的開始：

我夢見自己死在道路上。

這是那裏，我怎麼到這裏來，怎麼死的，這些事我全不明白。總之，待到我自己知道已經死掉的時候，就已經死在那裏了。

（卷二，第二〇九頁）

又如《失掉的好地獄》的開始：也是在死後，作者發現自己處於「地獄的旁邊」。「一切鬼魂們的叫喚無不低微，然有秩序，與火焰的怒吼，油的沸騰，鋼叉的震顫相和鳴，造成醉心的大樂，佈告三界，地下太平。」在這篇詩裏，那些同時引起平靜和恐怖感的語言很多引自佛經形象，這是魯迅曾在一九一四至一九一六年間孜孜研究的⑨。但是這一夢魘的篇章中「奇麗和狂亂的恐怖」所引出的還不僅僅是預想中的「現實的錯位」，同時也是一個由魔鬼說出的喜劇性的寓言。魔鬼悲悼人類征服了地獄，並使地獄變得更壞了。魔鬼的意思實際上是價值的對換，因為通常認為人比魔鬼、比野獸好，但在這裏，人卻比魔鬼壞。在另一篇以夢開始的《狗的駁詰》中，主人翁是一條狗，詩人在夢中和狗相遇後進行了一段長長的辯論，最後是狗獲勝。這裏又出現了價值對換，說明狗並不勢利，牠比人要好些。後兩篇中這種角色與價值的對換是魯迅夢詩的中心手法，似乎是為了實現廚川所提倡的那種「尼采對價值的再評價」。

七篇夢詩中，有四篇寫詩人在最後突然醒來了，似乎是再次告訴讀者這只是一個暫時的夢魘，是非現實世界。夢中敘述者提供的那一點點與現實的聯繫，充其量也只是消極的，短暫的。體現了魯迅內心關注的，顯然並非那作爲普通人的詩人敘述者，而是那些非人或超人，如狗或魔鬼。可以把這些形象看做魯迅內心痛苦的擬人化，其中有些或正是他精神上心理的「第二個我」。這些形象在詩篇中有種種形式的行動，種種形式的與詩人敘述者的對話，浮游於魯迅心中一個藝術的、「特定內在的」、「荒涼頹敗的風景⑩」之中。因此，也可以說在大多數詩中是詩人和自己做了一系列的對話，其中包含的問題和衝突組成了作品意義的範圍。

三、暗夜的過客走向野地

前已指出，魯迅將具體形象轉爲抽象的隱喻的藝術手法是很複雜的。亞伯在他論《野草》的一篇文章中⑪曾歸納其主要的結構原則包含對立兩極的相互作用，即「對稱和平行」。魯迅本人在集子完成以後的《題辭》中，也將集子內容概括爲以下一些成對的形象和觀念：空虛和充實、沉默和開口、生長和朽腐、生和死、明和暗、過去和未來、希望和失望。這些都被置於互相作用、互相補充和對照的永恆的環鏈裏：朽腐促進生長，但生長又造成朽腐：死肯定了生，但生也走向死：充實讓位於空虛，但空虛也會變成充實。這就是魯迅的矛盾的邏輯，他還給這邏輯補充上、染上感情色彩的另一些成對的形象：愛與憎、友與仇、大歡喜與痛苦、靜與放縱。詩人似乎是在對這些觀念的重複使用中，織成一幅只有他自己能捉住的，多層次的嚴密的網。就這樣，他那許多種衝突的兩極，建立起一個不可能邏輯地解決的悖論的漩渦。這是希望與失望之間一種心理的絕境，隱喻地反照出魯迅在他生命的這一關鍵時刻的內心情緒。

對於這種矛盾的情緒，集子中的第二篇《影的告別》是最好的說明，它提供了以下奇異的獨白：

人睡到不知道時候的時候，就會有影來告別，說出那些話——

我不過一個影，要別你而沉沒在黑暗裏了。然而黑暗又會吞併我，然而光明又會使我消失。

然而我不願彷徨於明暗之間，我不如在黑暗裏沉沒。

嗚呼嗚呼，倘若黃昏，黑暗自然會來沉沒我，否則我要被白天消失，如果現是黎明。

朋友，時候近了。

我將向黑暗裏彷徨無地。

你還想我的贈品。我能獻你什麼呢？無已，則仍是黑暗和虛空而已。但是，我願意只是黑暗，或者會消失於你的白天；我願意只是虛空，決不佔你的心地。

我願意這樣，朋友——

我獨自遠行，不但沒有你，並且再沒有別的影在黑暗裏。只有我被黑暗沉沒，那世界全屬於我自己。

（卷二，第一六五—一六六頁）

這篇詩是對一種中心的矛盾之一系列變化的說法。「影」的形象顯然是代表著詩人的另一自我，這是一種自喻的手法。「影」的兩件贈品，黑暗和虛空，應視爲不僅是「影」的自然屬性，也是用以刻畫詩人內心自我的隱喻的代稱。使這內心自我陷入矛盾的情境是一種時間的錯亂：它彷徨於黃昏與黎明之間，前者表示過去的黑暗，後者允諾未來的光明。詩人的內心自我也如那「影」一樣，在兩難的絕境中難於找到出路，失落於現在暫時的、空幻的幽冥國土之中，這就是「無地」，無所有的地方，爲說明時間的兩難境地的空間隱喻。「影」陷在這光明與黑暗、過去與未來之間的惡性矛盾中，只得像它在「自然狀態」中所做的那樣，選取了逃離的辦法：「我獨自遠行，不但沒有你，並且再沒有別的影在黑暗裏。」這是自我毀滅的結束形式，傳達出一種濃重的悲觀失望。

在完成《影的告別》約半年後，一九二五年三月十八日，魯迅在給許廣平的信中有如下一段話：

我的作品，太黑暗了，因為我覺得唯「黑暗與虛無」乃是實有，卻偏要向這些作絕望的抗戰，所以很多著偏激的聲音。其實這或者是年齡和經歷的關係，也許未必一定的確的，因為我終於不能證實：唯黑暗與虛無乃是實有。

魯迅很少有的這種自白，使我們能對他的心理狀態投以本質的一瞥。這裏潛藏著他內心痛苦和自我懷疑的「影」。這篇詩可以理解爲他在「實有」和「虛無」問題上掙扎的產物。

隨著情緒的變化，他也可以賦予這種根本矛盾另一種色彩。如果《影的告別》是悲觀的、虛無的，另一篇《死火》卻有著較積極的光彩。這裏不再是獨白，採取了夢幻中的詩人和「死火」形象有趣的對話形式。詩人是在冰谷中遇見這「死火」的，他用自己的體溫溫暖並喚醒了它：

「唉，朋友！你用了你的溫熱，將我驚醒了。」他說。

我連忙和他招呼，問他名姓。

……

「你的醒來，使我歡喜。我正在想著走出冰谷的方法；我願意攜帶你去，使你永不冰結，永得燃燒。」

「唉唉！那麼，我將燒完！」

「你的燒完，使我惋惜。我便將你留下，仍在這裏罷。」

「唉唉！那麼，我將凍滅了！」

「那麼，怎麼辦呢？」

（卷二，第一九六頁）

「死火」的未來道路是在絕滅與自我犧牲兩者之間的選擇。它不像那「影」，而是選擇後者：「那我就不如燒完！」大多數左翼研究者抓住了這個更積極的「死火」形象，視爲革命的完美象徵，它只是在白色恐怖中暫時被凍住了，只需要有如詩人體溫的熱忱就可以燃燒起來⑫。儘管這種樂觀的解釋可以說得通，畢竟爲時過早⑬。比較恰當的理解是：「死火」隱喻著魯迅的內心狀況，陷入自己心中那冷的、荒蕪的深處是一種受難，他並不願永遠蟄伏下去，因而呼喚一種有行動的生活。但是按照詩中矛盾的邏輯，這行動又終將導致死亡。看來，這些詩篇是一種矛盾心情的反映：詩人一方面是消極的，抑鬱的；另一方面又悸動不安地要求行動。

這種衝突著的情緒在著名的《希望》裏表達得最具抒情意味。詩篇開始時是以一種平靜的調子訴說著老去的寂寞，這種平靜而哀傷的內心世界是用一種鏡子似的隱喻——希望的盾——來和外部世界相對照的：

……希望，希望，用這希望的盾，抗拒那空虛中的暗夜的襲來，雖然盾後面也欣然是空虛中的暗夜。然而就是如此，陸續地耗盡了我的青春。

我早先豈不知我的青春已經逝去了？但以為身外的青春固在：星，月光，僵墜的蝴蝶，暗中的花，貓頭鷹的不祥之音，杜鵑的啼血，笑的渺茫，愛的翔舞……。雖然是悲涼漂渺的青春罷，然而究竟是青春。

（卷二，第一七七頁）

接著，詩人表現了雙倍的苦惱，因為身外的青春也逝去了，這是內心世界慘淡的對照：

然而現在沒有星和月光，沒有僵墜的蝴蝶以至笑的渺茫，愛的翔舞。然而青年們很平安。

（卷二，第一七八頁）

這種有意的重複將過去的充實和現在的空虛相對比，造成一種空茫失落的效果。那麼，身外的世界果真也像他身內的世界那樣黑暗和空虛嗎?「希望的盾」僅僅是反映那空虛和苦惱的透明鏡嗎?人們可以從這後面找到那「影」裏主要的東西:一個老人的虛無和失望感。但正是在這最低點,詩人最後決定進行一場與這空虛暗夜的「肉搏」,「縱使尋不到身外的青春,也總得自己來一擲我身中的遲暮。」就這樣,悖論地,極深的失望將他引向了希望,即匈牙利詩人裴多斐的詩句:「絕望之爲虛妄,正與希望相同。」這也正和一九一八年他答應錢玄同爲《新青年》寫文章時說的話是同一個意思:「是的,我雖然自有我的確信,然而說到希望,卻是不能抹煞的,因爲希望是在於將來,決不能以我之必無的證明,來折服了他之所謂可有。」

顯然,這一系列相悖的兩極正是魯迅探測他內部緊張的方法。他似乎是在這希望與失望的兩極之間徘徊與掙扎。他將怎樣劃清內在的自我和身外的現實之間的界限,又怎樣在陷入矛盾漩渦的存在中找到意義呢?這個問題存在於魯迅個人「哲學」的中心。

《野草》中的唯一詩劇《過客》,或許是對這種探索的最好說明,也可看做魯迅的自喻⑭。劇中的主人翁「過客」顯然是他的自我畫像:「約三四十歲,狀態困頓倔強,眼光陰沉,黑鬚,亂髮。」同時,魯迅似乎也想把他寫成一個中年的「每一人」。這位「過客」連自己該怎麼稱呼也不知道,因爲:「我一路走,有時人們也隨便稱呼我,各式各樣的,我也記不清楚了,況且相同的稱呼也沒有聽到過第二回。」因此,他是別人對他看法的複合的反映。

詩篇開始時寫了一段簡單的「舞臺說明」。時間,是「或一日的黃昏」;地點,是「或一處」，舞臺佈景，是幾件簡單破敗的東西：「東，是幾株雜樹和瓦礫，西，是荒涼破敗的叢葬；其間有一條似路非路的痕跡。一間小土屋向這痕跡開著一扇門，門側有一段枯樹根。」初一瞥，很容易誤認爲是荒誕劇的舞臺，或許可以和貝克特（Samuel Beckett）的《等待果陀》（*Waiting for godot*）相比，只不過《過客》比《等待果陀》還早寫了約三十年。

也如貝克特一樣，魯迅想引發出一種人的存在的荒誕感。戲劇的背景本質上是時間的兩難境界在空間的表現。「過客」沿著那條「似路非路的痕跡」從過去走向未來，停在「現在」荒涼破敗的景色中。此人已經走到了他的人生的黃昏。在途中他遇見了兩個人，一個是七十歲的老翁，另一個是十歲的女孩，各自代表過去和未來，或老的一代和新的一代⑮。當「過客」向他們詢問「前面是怎麼一個所在」時，老翁的答覆是：前面是墳；小女孩卻說：不，那裏有許多許多野百合、野薔薇。老翁勸「過客」走回去，小女孩卻給他水喝，給他一片象徵著「布施」的布裹傷。而主人公，在經過一番思想鬥爭以後，還是決定要繼續向前走，這裏採取的是對話問答的形式。回答老翁轉回去的勸告時，他表示不願意，因爲原來的地方，「沒一處沒有名目，沒一處沒有地主，沒一處沒有驅逐和牢籠，沒一處沒有皮面的笑容，沒一處沒有眶外的眼淚。」這是這篇詩劇中唯一點明了全文主旨的地方。來處是東方，只能是指中國及其舊傳統。另方面，小女孩的理想主義他也難於接受。她給的布「太小」，難於裹傷，只好「掛在野百合野薔薇上」，用以裝飾她對未來的美好想像。

最後，「過客」還是繼續「向野地裏踉蹌地闖進去，夜色跟在他後面。」因爲，「從我還能記得的時候起，我就是這麼走。」生活就是一個走的過程，一直走下去，好完成那走向死亡的行程。因此，「走」成爲在「無意義」威脅下的唯一有意義的行動。和《影的告別》相比，這位主人翁的決定似乎較少那種存在主義的虛無。我們感到：在這「走」的隱喻中，魯迅賦予了不尋常的重大的意義，在他自己對生命意義的思索中一定也佔有中心地位（否則這個小小的「荒誕劇」就真會使他成為貝克特一流人了，但《等待果陀》的主人翁們卻是直到最後也沒有移動和走去的）。

魯迅在《兩地書》中也曾用過「路」的隱喻，正是在寫完《過客》的九天以後。這封信裏提到兩種路，就是「歧路」和「窮途」：

走人生的長途，最易遇到的有兩大難關。其一是「歧路」，倘是墨翟先生，相傳是慟哭而返的。但我不哭也不返，先在歧路頭坐下，歇一會，或者睡一覺，於是選一條似乎可走的路再走，……其二便是「窮途」了，聽說阮籍先生也大哭而回，我卻也像在歧路上的辦法一樣，還是跨進去，在刺叢裏姑且走走。

按照此信的說法，「走」並不是完全無希望的，因爲這裏包含自己一種決定性的選擇，是走還是返。再者，在跨進那「似路非路的痕跡」的過程中，「過客」也可以有助於創造出一條路來。我們可以回想《故鄉》中的那段話：「其實地上本沒有路，走的人多了，也便成了路。」《過客》

中，路的隱喻或許也有同樣積極的人文主義的內涵，儘管是用存在主義方式提出的。不管是多麼荒誕無意義，即使走向的仍是死亡，生命總得走去。即使走向的未來也仍是黑暗，也決不返回過去的黑暗中。「過客」還聽見另外一種「常在前面催促我，叫喚我，使我息不下」的聲音。雖然令人不免想到基督教的「曠野的呼喚」，但從人文主義的前後文看，卻只能解釋爲某種責任感的內心的呼喚⑯。

「路」是中國古詩中常用的關於人生途程的隱喻。魯迅曾在《彷徨》的扉頁上引用過屈原的「路漫漫其修遠兮，吾將上下而求索」，他從中當然也會有所啓發。此外，王國維也用過這隱喻來描寫自己處於歧路的窘境，說自己既不能上天堂也不能下地獄⑰。王國維和屈原都沒有足夠的勇氣面對這個問題，他們後來都自殺了。魯迅的情況要好些。如《過客》中所寫，他不願意逗留在生活的歧路。他的勇氣來自一種奇怪的道德立場，就是說：他對自己和對別人，或說對個人和對社會，是懷著兩樣想法的。在一九二五年五月三十日給許廣平的信中，就說明了這一點：

……其實，我的意見原也一時不容易了然，因為其中本含有許多矛盾，教我自己說，或者是人道主義與個人主義這兩種思想的消長起伏罷。所以我忽而愛人，忽而憎人；做事的時候，有時確為別人，有時卻為自己玩玩，有時則竟因為希望生命從速消磨，所以故意拚命地做。……我對人說話時，卻總揀擇那光明些的說出，然而偶不留意，就露出閻王並不反對，而「小鬼」反不樂聞的話來。總而言之，我為自己和為別人的設想，是兩樣的。所以者何，就因為我的思想太黑暗，但究竟是否真確，又不得而知，所以只能在自身試驗，不敢邀請別人。

魯迅在這封信裏所說的「個人主義」和「人道主義」，也可以看作他生活中私人和公眾的兩方面。值得注意的是這兩方面恰被置於難以調和的兩極。對這位在中國現代被奉承得最厲害的作家來說，這是少見的公開的自白。在個人和社會的問題上，中國傳統思想中佔主導地位的觀念基本上是以社會整體爲主，魯迅在這一自白中所表現對待個人的態度，卻與上述觀念完全相反。如他的散文詩中所表現的，魯迅「個人主義地」去看的生活的意義，是和他希望別人去看的那種意義大相逕庭的。換句話說，他在爲自己這方面幾乎是存在主義的，而在爲別人的方面卻是人道主義和利他主義的。讀者也可從這些散文詩中看到兩種景象：「有時我們是從詩人的內心向外看，有時我們是從外向內看⑱。」從向內的角度看，就會看到魯迅怎樣將他小說中的一個原型設計——獨異個人和庸眾的相對——引申到隱喻的領域，也可看到他的「個人主義」在回答「人道主義」的召喚時的悲劇性和矛盾性，這是非常迷人的。

兩篇《復讎》可視爲同一主題的異體。在第一篇裏，一男一女「裸著全身，捏著利刃，對立於廣漠的曠野之上」。「他們倆將要擁抱，將要殺戮」，但是「也不擁抱，也不殺戮」。他們表面上的寧靜和沉默正好和那些「路人」的喧嚷形成對比，那些人正「從四面奔來，密密層層地，如槐蠶爬上牆壁，如螞蟻要扛鮝頭，……而且拚命地伸長頸子，要賞鑑這擁抱和殺戮。他們已經預覺著事後的自己舌上的汗或血的鮮味」。但這一對卻始終不動，「至於永久，圓活的身體，已經乾枯」。路人們終於感到無聊、疲倦而離開了，這兩人於是「沉浸於生命的飛揚的極致的大歡喜中」——死⑲。

這篇詩在表現魯迅常見的主題（庸眾的無意義和殘酷）上視覺效果極其有力。裸著的一對所引發的「冷的情慾」的奇特效果，是又一個「死火」的主題，即被關在冰的外框中的激情。但在這篇詩裏，作者卻深深走入了交織著愛和死的激情之中，並且噴發出近乎宗教的緊張感情（「大歡喜」一詞就是取自佛家語），從而將這孤獨的一對高舉於路人庸眾之上。當然，這種「復仇」是出自一種相悖的雙重姿態：不讓庸眾品嘗自己「大歡喜」的滋味，卻給他們厭煩。

《復讎（其二）》有著同樣的宗教激情，魯迅在直接表現了耶穌在十字架上受難的最後瞬間。詩篇是完全忠實地按照《新約全書》來寫的。描寫了作爲孤獨者的神之子懸在虛空中，俯視下面那些聚攏來，圍觀釘殺他之奇觀的路人庸眾的情況：

> 他在手足的痛楚中，玩味著可憫的人們的釘殺神之子的悲哀和可咒詛的人們要釘殺神之子，而神之子就要被釘殺了的歡喜。突然間，碎骨的大痛楚透到心髓了，他卻沉酣於大歡喜和大悲憫中。

……
遍地都黑暗了。
「羅伊，以羅伊，拉馬撒巴各大尼?!」（翻出來，就是：我的上帝，你為什麼離棄我?!」）
上帝離棄了他，他終於還是一個「人之子」，然而以色列人連「人之子」都釘殺了。
（卷二，第一七五頁）

對比這兩篇詩的調子和情緒是給人以啓示的。在第一篇裏，那孤獨的一對和庸眾的對立，比較地說，是「個人主義」的；第二篇的結尾卻比較「人道主義」。耶穌最後對上帝失望了，但這並未導致害怕和顫抖，而是反諷地肯定了他「人」的地位。儘管魯迅大膽的洞見使他接近西方存在主義神學的境界，他畢竟還是中國人道主義傳統之子，這傳統是把天上和地下的力量看做一個相互作用的整體的⑳。

如兩篇《復讎》中所表現的，魯迅的人道主義仍是悲劇性的。地上的生活遠非玫瑰色，它比地獄還要壞。人生既有如此的問題和反諷，造物者也必是一個「怯弱者」，所以魯迅以對獨異個人的肯定來代替這位至高無上者。在《野草》的最後兩篇詩《淡淡的血痕中》和《一覺》中㉑，他喚起了一個「叛逆的猛士」的壯美形象。這個猛士「出於人間」，「記得一切深廣和久遠的痛苦」，又

「看透了造化的把戲」，「他將要起來使人類甦生，或者使人類滅盡」。這正是經過了一種特殊的人道主義扭曲的尼采「超人」，因為，正如另一篇《這樣的戰士》中所指出的那樣，魯迅的「叛逆的戰士」始終是一個孤獨者，注定要在「無物之陣」的庸眾中無休止地戰鬥。魯迅歌頌的並非這猛士的勝利，而是他那種固執的、薛西弗斯式的精神（Sisiphean spirit）：

要有這樣的一種戰士——

……

他只有自己，但拿著蠻人所用的，脫手一擲的投槍。

他走進無物之陣，所遇見的都對他一式點頭。……

但他舉起了投槍。……

他終於在無物之陣中老衰，壽終。他終於不是戰士，但無物之物則是勝者。

在這樣的境地裏，誰也不聞戰叫：太平。

太平……。

但他舉起了投槍。

（卷二，第二一四—二一五頁）

四、到達最黑暗的底層

上述幾個例子說明，魯迅之有意識地運用警語式語言，連同他的喜劇形象和宗教涵義，或許是要實現尼采式的目的：如查拉圖斯特拉那樣，詩人在散文詩裏自引宣揚和發佈那些並不求讀者理解的東西。在這意義上，《野草》是精英的文本，因爲它的意義是高於常人的理解之上的。再者，形式本身的獨創性——任何「五四」作家對此都不可企及——也有一種根本的神秘姿態，既掩蔽作者的真實意向，也要求讀者努力去破譯。因此，閱讀過程本身也是對它本意的不斷求索。

我將這些詩篇中各種相類的形象排列成序，以求重建詩人敘述的寓意，其結果是如下的一個「故事」：詩人的內心自我，陷在一系列難於解決的矛盾的絕路上，開始進行一種荒誕的對意義的求索。他認識到，在他長久求索的終點，並無什麼至高的目的，只有死。當他在過去與未來的時間框架中尋求確定存在的意義時，發現「現在」也並無其他重大意義，只是一個不斷的時間之流，一個變化的過程。因此，詩人痛苦的情緒，可視爲在希望和失望之間的不斷的掙扎。當他到達最黑暗的底層時，他在每一極找到的都是虛空；就在這最虛無的時刻，他決定依靠著從身內看向身外，依靠著確定自己和他人的關係，而走出這絕境。

但是在這關係中又有另一種矛盾。在獨異個人與庸眾的相對中，前者的行動除非和後者相關便沒有意義，而後者並不瞭解他的意圖。於是出現了奇怪的「復仇」邏輯。這是一種愛與恨、輕蔑與憐憫之間的緊張的矛盾，唯一的解決辦法是犧牲：獨異個人只能成爲某種「烈士」，對庸眾實行「復仇」，或拒絕他們以觀賞自己的犧牲而取得虐待狂的快感，或者作爲一個固執的戰士，對庸眾進行無休止的戰鬥直至死亡。不管他選擇的是戰鬥還是沉默，孤獨者總要爲那迫害他的庸眾而死。

我的這些讀解並不僅僅是抽象的認識。從魯迅傳記的基礎上看，我們可以說魯迅將獨異個人和庸眾並列，透露了他深沉的對待他國人的矛盾。他早期許多作品也充滿了這方面的證明。著名的「鐵屋子」的隱喻給了第一條線索。在後來尋求「國民的魂靈」時，他公開承認在他和中國大眾之中還存著一道高牆。後來他的聲譽日盛，一九二五年所寫《俄譯本〈阿Q正傳〉序》中，就用了更樂觀的語氣：「在將來，在高牆裏的一切人眾，該會自己覺醒、走出，都來開口的吧。」但是，從上述諸章看來，這「一切人眾」的昏睡狀態被描寫得使人實在難於接受他們還能覺醒的想法。《野草》中對庸眾的種種描寫也更證明了這一結論。

還值得注意的是，魯迅的小說和散文詩中喜用螞蟻和蒼蠅來比喻庸眾的渺小瑣屑。《阿Q正傳》中遊街示眾的場面「全跟著螞蟻似的人」；散文詩《死後》寫夢中的死者感覺有螞蟻在他背脊上爬，又有青蠅嗡嗡地飛來舐他的鼻尖。雜文《戰士和蒼蠅》中寫蒼蠅在戰士死了以後，「首先發現的是他的缺點和傷痕，嘬著，營營地叫著，以爲得意，以爲比死了的戰士更英雄。」無數的例子證明魯迅是多麼地關注著中國國民性這否定的方面，獨異個人正是面對著這一切卓然而立，孤獨，無權。當然，這一切聚合在一起，也形成魯迅對中國，以及他自己所處地位的悲劇的看法。

或許是由於《野草》悲劇性的主旨，中國學術界對它很少分析，到最近情況才略有變化㉒。因此，反諷地，透過一種奇怪的藝術和意識形態的結合，《野草》的詩人作者本人也在他的讀者群面前成爲一個獨異個人，這些人也不過是些庸眾，是不理解的看客。早在一九二九年，這本書就被左翼批評爲「虛無」（nihilistic），認爲它不能激發革命熱情。據馮雪峰的《回憶魯迅》，當時魯迅是被這批評激怒了的。他曾這樣說：

> 這回是引了我的《影的告別》，說我是虛無派。因為「有我所不樂意的在你們將來的黃金世界裏，我不願去」。就斷定共產主義的黃金世界，我也不願去了。……但我倒先要問：真的只看將來的黃金世界麼？這麼早，這麼容易將黃金世界預約給人們，可仍舊有些不確實，在我看來，就不免有些空虛，還是不大可靠！

魯迅承認自己或許是將現實看得太黑暗了，但對於自己藝術的內在深度竟然被一些愛好政治論爭而又較少思想的人們如此膚淺地誤解，顯然也感到很不愉快。據馮雪峰的回憶，魯迅對《野草》

和《彷徨》這兩個集子作爲藝術作品是深自喜愛的。在談到《野草》時，曾多次表示以後「不會再寫那樣的東西了」。馮雪峰從兩個方面來理解魯迅的這種表示：一方面是爲他不能再寫那樣的東西感到可惜，另方面也是表示不願意再寫了。

一九二六年離開北京以後，魯迅的思想似乎是在有意識地向外轉，轉向了在激變中的中國社會政治狀況。他的文學創造力並未與《野草》同時結束，相反，它只是轉向了另一方面。此時，他顯然認爲寫雜文和搞翻譯是更重要的工作，因此把創造力大部分用在（或誤用在）那上面，但就在此時，他並未失去隱喻的藝術天賦和「哲學的」傾向。這一點我們將在下一章再說，儘管他公開承擔了革命的任務，某種生活的悲劇感卻仍然留存著。

當然，一九三〇年以後魯迅進入了一種更政治化的狀態，他關於中國大眾的看法也有了質的變化。但是，雖然政治思想變化了，自我犧牲的主題仍一直貫穿在他後來的革命寫作中。如果這位新的「革命導師」仍有其黑暗的「影」——與他那孤獨的戰士形象及他的公眾活動的對應物——，我們當然仍應從《野草》這個集子中尋找。在《墓碣文》（應當說是《野草》中或所有中國現代文學中最陰森可怖的一篇）中，一個怪異的、化爲長蛇的鬼魂，透過荒涼剝蝕的墓碣述說了自己的故事：

……有一遊魂，化為長蛇，口有毒牙。不以嚙人，自嚙其身，終以殞顛。……

……離開！……

……抉心自食，欲知本味。創痛酷烈，本味何能知？……

……痛定之後，徐徐食之。然其心已陳舊，本味又何由知？……

……答我。否則，離開！……㉓

刻在這意象的墓碣文上，奉獻給那抉心自食的復仇烈士的英魂的，是一個永難解決的矛盾：現在他已死了，他又怎能尋找出他的生命和他犧牲的意義呢？

注釋

①夏濟安：《黑暗的閘門》，第一五〇頁。

②中國學者用種種方法試圖按既定看法解釋《野草》，儘量減弱這個集子中主導的抑鬱情緒。較早的如馮雪峰，他把集子中的二十三篇散文詩分爲三類，其中五篇是尖銳諷刺作品，七篇是抒情詩，表現了「詩的感情」，它們的主要精神是「健康的、積極的、戰鬥的。」餘下的十一篇，馮雪峰不得不承認它們「特別明顯地反映著作者的空虛和失望的情緒，以及思想上深刻的矛盾」。

③許壽裳：《我所認識的魯迅》，第四二頁。

④夏濟安：《黑暗的閘門》，第一五一頁。

⑤夏濟安：《黑暗的閘門》，第一五一頁。

⑥據許廣平回憶，《臘葉》是魯迅的自況，魯迅本人在〈《野草》英文譯本序〉裏說：「《臘葉》是爲愛我者的想要保存我而作的。」（卷二，第二二〇頁）看來，「愛我者」是指許廣平。本文沒有從這種角度強調，而是想從中揭示一種不同的個人視象。

⑦見普實克：《抒情詩與史詩》，第五六頁。廚川白村在書中曾引用波特萊爾的「散文小詩」，或許使魯迅被這位法國象徵主義詩人所吸引。在情緒和文字方面，《野草》和波特萊爾的「散文小詩」確有某些相似之處，但在意義和觀念方面兩者卻有本質的差異。

⑧夏濟安：《黑暗的閘門》，第一五二頁。

⑨魯迅日記中一九一四至一九一六年的購書單說明，這時期魯迅購買了大量佛經和有關書籍。見《魯迅全集》，卷十四，第一四一至一四七頁，一九四至二〇二頁、二四五至二六〇頁。

⑩夏濟安：《黑暗的閘門》，第一六二頁。

⑪亞伯（Charles Alber）：《野草：魯迅散文詩中的對稱和平行》，見尼恩豪瑟（William H. Nienhauser,Jr.）編《中國文學批評論集》（*Critical Essays on Chinese Literature*），第一至廿九頁，香港中文大學一九七六年出版。

⑫克列伯索娃（Krebsova）：《魯迅和他的〈野草〉》，第三三至三四頁；及其《魯迅生平與作品》，

第八九至九五頁。馮雪峰以爲冰谷是封建主義的象徵。見《論〈野草〉》，第三〇頁。衛俊秀以爲「死火」是「戰士」的同義語，見《魯迅〈野草〉探索》，第一三三頁。

⑬這篇詩寫於「五卅」事件前一個月的一九二五年四月二三日，魯迅本人很久以後才成爲左翼作家。

⑭據說此文醞釀了十多年（見荊有麟：《魯迅回憶》，第六三頁）。

⑮老翁和女孩子的象徵性有許多解釋。日本學者吉田富夫認爲，他們是表現「過客」內心的鬥爭的「外在工具」（見其《論魯迅的〈野草〉》）。竹內好認爲這兩個人是魯迅的「內心的釋放」，老翁代表「過去」，小女孩象徵「希望」（見其《魯迅入門》，第一八六頁）。木三英雄作了詳盡的分析，說明老翁、小女孩實際上是概念的工具，三人之間對話實際上是「過客」的自我獨白（見其《〈野草〉的邏輯和方法》）。大多數日本學者都認爲「過客」表現魯迅自己。胡風也是這樣看（見其《劍·文藝·人民》，第一二六頁）。

⑯人們可以說此劇是一個基督教寓言，其中充滿了基督教的意象與象徵。「過客」的途程可以比作一位進香客的途程。他的流血以及黑白兩色的對比（「過客」和老翁都穿黑，小女孩穿黑白格子的衣服），表示基督教的犧牲、罪惡、純潔。雖然魯迅知道聖經，但我認爲此劇與其說源於基督教，不如說源於尼采。尾上兼英曾提出《過客》的對話結構可能來自查拉圖斯特拉，「過客」與老翁的關係相當於查拉圖斯特拉與先知的關係，「過客」與小女孩的關係相當於查拉圖斯特拉與隱士的關係。老翁和先知都想讓主人翁停止前進，小女孩和隱士卻給他們「麵包和酒」。尼采賦予查拉圖斯

特拉的旅程的意義是尋找真理，魯迅「過客」的旅程終點卻是墳墓（見尾上的《魯迅和尼采》）。D.A.Kelly對於魯迅借鑑尼采的問題有更全面的研究，見他所著的《魯迅和尼采》（未發表），那是他所著《尼采在中國》一文的擴充。

⑰此句轉引自王靖獻的《王國維〈紅樓夢評論〉中的認識和先見》（《清華中國研究報》，一九七一年七月，第十卷，第二期，第九九至一〇〇頁）。

⑱亞伯：《野草：對稱和平行》，第十二頁。

⑲魯迅在題目中「仇」用了古體「讎」，它在形象上是相互面向的兩方面以言詞相罵，但在這篇中將有言之仇轉化爲沉默之仇的視象。

⑳這樣，耶穌最後的體會就落入了中國「天人合一」的世界觀中去了。按林毓生的說法，這種世界也浸透在魯迅「終極目的的倫理」中。見林毓生：《思想的道德與政治的不道德》。

㉑據魯迅說，這兩篇都和當時的政治有關。《淡淡的血痕中》副題爲「紀念幾個死者和生者和未生者」，是爲段祺瑞政府在「三一八」槍擊徒手請願的民眾而作。《一覺》是對奉系和直系軍閥的戰爭的批評（見魯迅：《〈野草〉英譯本序》）。當然也如魯迅所有的作品一樣，他的文學想像超越了當時他所關心的直接的政治事件。

㉒本書初稿寫於十年前，當時中國學者還囿於魯迅的「革命性」的框架內。對《野草》很少談論，即使談到，也是強授以革命的意義。不過，從一九八一年以來，一般的調子已經變了，開始注重其壓

抑的情緒和高度形象化的語言，以此作爲分析的起點。這些新著作中以孫玉石的《野草研究》爲最好，最有價值的是孫對中國《野草》研究史的評論（九、十章）。不過孫的研究主要的仍只在社會意義批評的層次。此外，還可參看李國濤：《野草藝術說》，閔抗生：《地獄邊沿的小花》，石尙文、鄧中強：《野草淺析》。甚至過去比較教條的學者李希凡，也將他的新作《一個偉大尋求者的心聲》中的一半來談《野草》了。這些現象說明中國對魯迅的研究已經開始去除神話色彩了。

㉓值得注意的是，這首詩和史蒂芬·克萊恩（Stephen Crane）的一首詩非常相像，雖然我不能證明魯迅讀過克萊恩的這首詩：

在沙漠裏
我看見一個傢伙，裸著，像獸一樣，
他蹲在地上，
手裏拿著他的心，
並且吃著。
我問：「朋友，這好嗎？」
他回答：「這很苦，很苦。
但我喜歡它，
因為它苦，

因為它是我的心。」

（見*Poems of Stephen Crane*，第八頁。Gerald D. McDonald編，紐約，一九六四年。）

附錄三

《野草》的特色

李歐梵

魯迅的《野草》是一個獨特的集子，內中大部分的文章是散文詩，顧名思義，當然既是散文又是詩，然而這一種文體的獨特性，顯然超過「五四」時期的一般散文或詩作（內中一篇《我的失戀》遭諷刺了白話詩），我在出版的一本英文著作《鐵屋中的吶喊》一書中曾有專章討論①，此處願意再作點補充。

《野草》作者的心態，倒頗切合廚川在《苦悶的象徵》中的幾句話：「我們的生活愈不膚淺，愈深，便比照著這深，生命力愈盛，便比照著這盛，這苦惱也不得不愈加其烈。在伏在心的深處的內底生活，即無意識心理的底裏，是蓄積著極痛烈而且深刻的許多傷害的。②」魯迅在寫作《野草》時期，內心受到各種壓抑，起伏不定，他自謂心靈中的「鬼氣」，除了指過去所讀的古書（如老莊、韓非）以外，也代表了他內心的陰暗面。所以我一直認爲《野草》是魯迅內心的衝突和糾葛的象徵式（用廚川的定義）的寫照，呈現的是一種超現實的夢境，與外界的社會和政治現實關係不大。

從一個超現實的藝術角度來觀察這一個集子，也許可以得到幾個與前不同的結論。我們從第一篇《秋夜》就可以看出作者的藝術轉化方法：把自己現實世界裏的後園，變成了一個充滿詩意的「花草仙境」，這個境界中的一草一木，甚至「奇怪而高」的夜空，都逐漸在詩人的冥思中變得「擬人化」：夜空「閃閃地睞著幾十個星星的眼，冷眼。他的口角上現出微笑，似乎自以為大有深意」；極細小的粉紅花，「她在冷的夜氣中，瑟縮地做夢，夢見春的到來，夢見秋的到來」；而落盡了葉子的棗樹，「他知道小粉紅花的夢……然而脫了當初滿樹是果實和葉子時候的弧形，欠伸得很舒服。但是，有幾枝還低垂著……而最直最長的幾枝，卻已默默地鐵似的直刺著奇怪而高的天空，使天空閃閃地鬼睞眼；直刺著天空中圓滿的月亮，使月亮窘得發白。③」這一連串的擬人化的句子，交織成一種夢境的花園，如果我們把它畫出來的話，可能又有點畢亞茲萊的風味。

我近日因其他原因偶然讀到一本研究法國十九世紀末頹廢派藝術的書，書名是《頹廢的想像》——內中有一章就專門討論這種夢境式的花園構圖，並特別提到花草仙境和植物的擬人化，兼及水的意象和各種玉石④，似乎頗為適用於《紅樓夢》，然而魯迅的散文詩中也呈現了這種《頹廢的想像》的一面，不過其最終的旨趣和格調和《紅樓夢》或畢亞茲萊不同。如果說西洋頹廢藝術中（和《紅樓夢》一樣）用了不少鏡花水月的意象，魯迅在他的《野草》集中卻更進一步，把這類意象變形，使它們增添了一點「鬼氣」，——一種陰暗虛無的心理和哲學上的深度。譬如在《希望》一文中，就把鏡子的意象演變而成「希望的盾，抗拒那空虛中的暗夜的襲來，雖然盾後面也依然是空虛中的黑夜。⑤」《死火》中的夢境，卻又把水中自然世界的原型改變成一種冷僻的冰谷世界：水凍成了冰，紅色的珊瑚網（本是水中世界的自然產物）卻變成了冰結的火焰，「而且互相反映，化為無量數形，使這冰谷，成紅珊瑚色。⑥」這是一種極為奇特而有創意的寫法，似乎把一個自然世界顛倒了過來，然後再從擬人化以後的死火口中引出一段充滿了兩難局面的對話。

最近發現的魯迅佚文已經證實：這篇散文詩中的一部分構思，早在一九一九年寫的一篇隨感——《火的冰》——中已經出現⑦，然而《死火》之所以成為散文詩，仍然依靠作者後來在篇首這段意象上的雕飾和加工，有了這個冰谷花園，死火就顯得更為突出了。

我不贊成把死火解作革命，如照廚川白村的說法，也許它只能代表一種內心的生命力，雖然冷凍在冰谷的深層，卻要「如間歇泉（geyser）的噴出一般地發揮」出來，這也是一種藝術創作的活動。在《野草》中，魯迅往往把許多表面上看來十分艷麗的東西變成冷酷或冷峻的意象，有時又把自然景物的原有價值顛倒，譬如廚川用新春一到的草木萌動來比諭「內底生命（inner life）的力」⑧，魯迅卻把欣欣向榮的春草變成生命的泥委棄在地面上的野草，它「根本不深，花葉不美，然而吸取露，吸取水，吸取陳死人的血和肉，各各奪取它的生存。」這一段引自著名的《野草題辭》，也是全書的中心主宰意象，很明顯地，魯迅的「曲筆」早已把自然或現實的意象深化了，他不像「五四」一般作家一樣描寫新春、朝陽、鮮花、新芽，而卻故意強調腐朽、死亡、空虛。事實上，這一叢野草，也就是魯迅把內心的意識變成詩的語言以後的藝術結晶，所以他說：「我自愛我的野草，但我憎惡這以野草作裝飾的地面。」野草是藝術，地面才是外界的現實。

我們如果再進一步探索《野草》的藝術構思的話，不難發現這一系列的價值意象，是以對抗的方式存在的，正如他在題辭中所說：「在明與暗，生與死，過去與未來之際，獻於友與讎，人與獸，愛者與不愛者之前作證。⑨」這句話總結了這個集子所有的重要主題，而我覺得爲了要對得起魯迅的藝術起見，一個分析者也應該把自己的詮釋提升到這個較爲抽象的哲學層次，不必作捕風捉影式的政治索引。從這個高層次來看，其實題辭中的這幾對名詞所意指的都是人生的大問題，是極有哲學和宗教的涵義的，我在近著中已經詳論，此處不贅。

值得附帶指出的是：《野草》各篇雖在明與暗、生與死、過去與未來之際徘徊，但卻往往偏向後者：全書充滿了黑暗、死亡和過去的陰影，這是不容否認的；當主題探討到友與仇、人與獸、愛者與不愛者的時候，似乎也偏向後者：全書中有三篇是以野獸和鬼魔作主人翁（《狗的駁詰》、《失掉的好地獄》和《墓碣文》），而對於友與仇的描寫就有同一題目的兩篇，都題爲《復讎》。魯迅在原文上特別用了「讎」這個古字（簡寫以後的「仇」字就失去意味了），因爲他取自「讎」的古意形象，而將之價值顛倒，本來這個字有相敵對和對答的意思，所以中間有一個「言」字⑩，這個意義，在第一篇中尤見突出；魯迅創造了兩個孤獨的不言不語的人，以他們的沉默作爲對庸眾的復仇，這兩個人的造型也很特別，似乎是一對男女，「裸著全身，捏著利刃，對立於廣漠的曠野之上。他們倆將要擁抱，將要殺戮……」⑪。如果再加上第一段關於血的非常濃郁的文字，我們幾乎可以感受到一種「色情」的強度，一種極爲獨特的「愛慾」，而這種極致感，魯迅卻從佛家借用了一個詞彙來形容它——生命的沉酣的「大歡喜」。這種寫法在中國現代文學中是罕見的，當然，施蟄存在《石秀》那篇小說中也以血爲主要意象，也描寫愛慾，但卻沒有《復讎》這麼簡練而尖銳，使人讀來心靈震撼。魯迅寫這篇文章的時候，顯然處於內心情緒的低潮，所以他對於愛慾形象的刻劃，也較兩年前的《補天》顯得冷酷，然而（用《野草》的矛盾邏輯來推論）冷酷的對立面就是熱情，《復讎》中那對裸體男女——既不擁抱，也不殺戮——卻在他們石像式的外表裏面藏蘊著最極致的熱情——大歡喜，但是他們的大歡喜也就是死亡。

愛與死，本是西洋現代文學中的大題目，而其極致往往是男女之間的戀情（也就是愛慾）達到了一種常人不能理解的程度，甚至超越倫理的尺度，於是才雙雙殉情，這方面最好的例子當屬華格納的歌劇《崔斯坦與伊梭笛》。然而魯迅在《復讎》中所描寫的愛卻不是這種形式的，而是把文字意象中愛慾的濃度（見第一段：「於是各以溫熱互相蠱惑、煽動、牽引、拚命地希求偎倚、接吻、擁抱。以得生命的沉酣的大歡喜」）轉化到一個近乎宗教的高度。此篇和《復讎之二》（描寫耶穌受難）都是在刻畫同一個類型的孤獨者，他們也都是愛者，而和與之對立的庸眾之間卻有一種友與仇、愛者與不愛者的錯綜複雜的關係，所以他們以死復仇，也以死示愛，變成了一種宗教式的受難和犧牲，然而，這個本是爲了庸眾而發的愛與死的意義，卻又是庸眾所無法理解的。

這一個主題，在魯迅的作品中屢屢出現，聰明的讀者一想也就知道了。我只想在本文中提出一篇《野草》中不太受人重視的作品：《頹敗線的顫動》，這篇散文詩也在探討愛者和不愛者的主題，幾乎是一篇小說，敘述一個完整的故事：一個母親的悲哀和孤獨，她辛辛苦苦把女兒哺養成人後，自己衰老了，卻受到下一代——她所愛的人——的唾棄。這一段的情節，與波特萊爾的一篇散文詩略有相似之處，波氏散文詩的題目也叫作《一個老女人的絕望》⑫，但是在意義上卻比不上魯迅的深沉。

《頹敗線的顫動》如果只寫前面的故事，就不甚出色了，其深沉之處，在於全文的後段；如果前段尚有寫實小說的影子，後段則完全是超現實的，它的語言也變得更有詩意，而最值得注意的是，魯迅筆下這個垂老女人的形象卻是裸體的！因爲這一段文字極有節奏感，又接觸到全集的重要主題，且爰引於下：

「她在深夜中盡走，一直走到無邊的荒野，四面都是荒野，頭上只有高天，並無一個蟲鳥飛過。她赤身露體地，石像似的站在荒野的中央，於一刹那間照見過往的一切：飢餓，苦痛，驚異，羞辱，歡欣，於是發抖；害苦，委屈，帶累，於是痙攣；殺，於是平靜。……又於一刹那間將一切併合：眷念與決絕，愛撫與復仇，養育與殲除，祝福與咒詛……。她於是舉兩手盡量向天，口唇間漏出人與獸的，非人間所有，所以無詞的言語。

當她說出無詞的言語時，她那偉大如石像，然而已經荒廢的，頹敗的身軀的全面都顫動了。這顫動點點如魚鱗，每一鱗都起伏如沸水在烈火上；空中也即刻一同振顫，彷佛暴風雨中的荒海的波濤⑬。」

我每讀到這一段，就不禁在腦海裏看到一幅黑白的木刻，這個老女人的樣子，彷彿出自珂勒惠支的《犧牲》的模型，這當然是我這個讀者的一種錯覺，因爲魯迅此時可能還沒有看到珂勒惠支的作品，然而這首散文詩所展露的藝術感，卻又和德國表現主義非常相似。讀《野草》中的散文時，時常使我想到畫和木刻，這恰好印證了魯迅文字中豐富的視覺感，所以在魯迅的創作中，文學和美術畢竟還是有相通之處。除了視覺感外，上面所引的這段文字也表現了一種聲音——無聲的聲音——效果，老女人口中所發出的是「無詞的言語」，而最後驚天動地的顫動，又像是一部慢動作的無聲電影，使我們看到點點魚鱗，這種畢竟無聲勝有聲的氣魄，是和《復讎》中的格調完全一致的：孤獨者的靜默恰與庸眾的暗囂成對比！我甚至有意再寫一篇論文，專談魯迅散文詩中的「語文與沉默」問題，開頭一句就可引用《野草》題辭的第一句：

「當我沉默著的時候，我覺得充實；我將開口，同時感到空虛。」

（錄自本社出版之李歐梵著《鐵屋中的吶喊》）

注釋

①詳見：Leo Ou-fan Lee, *Voices from the Iron House: A Study of Lu Xun*, Bloomington, In:Indiana University

Press,1987,Chapter 5.

②《苦悶的象徵》，第四三至四四頁。

③魯迅：《野草》，《魯迅全集》，卷二，第一六二頁。

④Jean Pierrot,*The Decadent Imagination*,pp.207-237.

⑤《野草》，第一七七頁。

⑥《野草》，第一九五頁。

⑦原文題名《自言自語》，收入《集外集拾遺補編》，《魯迅全集》，卷八，第九一頁。

⑧《苦悶的象徵》，第五三頁。

⑨《野草》，第一五九頁。

⑩《辭海》中引毛傳疏：「相對謂之讎，讎者相與用言語，故以讎爲用。」而魯迅的《復讎》中的這對人卻沒有用言語，而以沉默代替。

⑪《野草》，第一七二頁。

⑫原文題目是「Le Desespoir de la Vieille,」可參見：Charles Baudelaire,*Petits Poemes en Prose*,Paris:Librairie Garnier Frere,1928第二篇。《苦悶的象徵》中提到波特萊爾的散文詩，但魯迅是否讀過全文的譯本有待進一步考證。捷克學者普實克先生早在一九六七年在美國講學時，就曾向筆者提到《野草》和波特萊爾散文詩相似之處。除此之外，屠格涅夫也寫過散文詩，內中包括寓言和夢境，與《野草》也

有相似之處，有待進一步研究。

⑬《野草》，第二〇五至二〇六頁。

魯迅年表

一八八一年

九月二十五日（農曆八月初三日）出生於浙江省紹興府會稽縣東昌坊口周家。取名樟壽，字豫山，後改名樹人，字豫才；一九一八年發表小說《狂人日記》時始用筆名「魯迅」。

一八八七年　六歲

入家塾，從叔祖玉田讀書。

一八九二年　十一歲

入三味書屋私塾，從壽鏡吾先生讀書。

一八九三年　十二歲

秋，祖父周介孚因科場案入獄。魯迅被送往外婆家暫住，接觸了一些農民生活，與農民的孩子建立了純真的感情。

一八九四年　十三歲

春，回家，仍就讀於三味書屋。

冬，父周伯宜病重。爲求醫買藥，常出入於當鋪、藥店。

一八九六年　十五歲

十月，父周伯宜病故，終年三十七歲。

一八九八年　十七歲

五月，往南京考入江南水師學堂求學。

十月，因不滿水師學堂的腐敗、守舊，改考入江南礦路學堂（全稱為「江南陸師學堂附設礦務鐵路學堂」）。魯迅這時受了康梁維新的影響，又讀到了《天演論》等譯著，開始接受進化論與民主思想。

一九〇一年　二十歲

繼續在礦路學堂求學。十一月，到青龍山煤礦實習。

一九〇二年　二十一歲

一月，從礦路學堂畢業。

四月，由江南督練公所派往日本留學，入東京弘文書院學習日語。

十一月，與許壽裳、陶成章等百餘人在東京組成浙江同鄉會，決定出版《浙江潮》月刊。課餘積極參加當時愛國志士的反清革命活動。

一九〇三年　二十二歲

三月，剪去髮辮，攝「斷髮照」，並題七絕詩〈靈台無計逃神矢〉一首於照片背後贈許壽裳。
六月，在《浙江潮》第五期發表〈斯巴達之魂〉與譯文〈哀聖〉（法國雨果的隨筆）。
十月，在《浙江潮》第八期發表〈說鉐〉與〈中國地質論〉。所譯法國凡爾納的科學小說《月界旅行》由東京進化社出版。
十二月，所譯凡爾納科學小說《地底旅行》第一、二回在《浙江潮》第十期發表，該書的全譯本後於一九〇六年由南京城新書局出版。

一九〇四年　二十三歲

四月，在弘文書院結業。
九月，入仙台醫學專門學校求學。魯迅後來在講到自己學醫的動機時說：「我的夢很美滿，預備卒業回來，救治像我父親般被誤的病人的疾苦，戰爭時候便去當軍醫，一面又促進了國人對於維新的信仰。」（《吶喊・自序》）

一九〇六年　二十五歲

一月，在看一部反映日俄戰爭的幻燈片時深受刺激：一個體格健壯的中國人被日軍指為俄探，砍頭示眾，而被殺者與圍觀的中國人卻都神情麻木，魯迅由此而感到要拯救中國，「醫學並非一件緊要事」，更重要的是「改變他們的精神」，於是決定棄醫從文，用文藝來改變國民精神。

三月，從仙台醫學專門學校退學，到東京開始從事文藝活動。
夏秋間，奉母命回紹興與山陰縣朱安女士完婚。婚後即返東京。

一九〇七年　二十六歲

夏，與許壽裳等籌辦文藝雜誌《新生》，未實現。
冬，作《人之歷史》、《科學史教篇》、《文化偏至論》、《摩羅詩力說》，都發表在河南留學生主辦的《河南》月刊上。

一九〇八年　二十七歲

加入反清秘密革命團體光復會（一說一九〇四年）。
繼續爲《河南》月刊撰稿，著《破惡聲論》（未完），翻譯匈牙利籁息的《裴彖飛詩論》。
夏，與許壽裳、錢玄同、周作人等請章太炎在民報社講解《說文解字》。

一九〇九年　二十八歲

三月，與周作人合譯《域外小說集》第一冊出版；七月，出版第二冊。
八月，結束日本留學生活，回國，任杭州浙江兩級師範學堂生理學、化學教員。

一九一〇年　二十九歲

九月，改任紹興府中學堂生物學教員及監學。授課之餘，開始輯錄唐以前的小說佚文

（後彙成《古小說鉤沉》）及有關會稽的史地佚文（後彙成《會稽郡故書雜集》）。

一九一一年　三十歲

十月，辛亥革命爆發；十一月，杭州光復。爲迎接紹興光復，魯迅曾率領學生武裝演說隊上街宣傳革命，散發傳單。紹興光復後，以王金發爲首的紹興軍公政府委任魯迅爲浙江山會初級師範學堂監督。

文言短篇小說《懷舊》作於本年。

一九一二年　三十一歲

一月三日，在《越鐸日報》創刊號上發表〈《越鐸》出世辭〉。

二月，辭去山會初級師範學堂監督職，應教育總長蔡元培邀請，到南京任教育部部員。

五月，隨臨時政府遷往北京，任教育部僉事與社會教育司第一科科長。

一九一三年　三十二歲

二月，發表《儗播布美術意見書》。

六月下旬，回紹興省母，八月上旬返京。

十月，校錄《稽康集》，並作〈稽康集・跋〉。

一九一四年　三十三歲

四月起，開始研究佛學。

十一月，輯《會稽故書雜集》成，並作序文。

一九一五年　三十四歲

九月一日，被教育部任命為通俗教育研究會小說股主任。

本年開始在公餘搜集、研究金石拓本，尤側重漢代、六朝的繪畫藝術。

一九一六年　三十五歲

公餘繼續研究金石拓本。

十二月，母六十壽，回紹興。次年一月回北京。

一九一七年　三十六歲

七月三日，因張勳復辟，憤而離職；亂平後，十六日回教育部工作。

一九一八年　三十七歲

四月二日，《狂人日記》寫成，這是我國新文學中的第一篇白話小說，發表於五月號《新青年》，始用「魯迅」的筆名。

七月二十日，作論文《我之節烈觀》，抨擊封建禮教，發表於八月出版的《新青年》。

九月開始，在《新青年》「隨感錄」欄陸續發表雜感。

冬，作小說《孔乙己》。

一九一九年　三十八歲

四月二十五日，作小說《藥》。
六月末或七月初，作小說《明天》。
八月十二日，在北京《國民公報》「寸鐵」欄用筆名「黃棘」發表短評四則。
八月十九日至九月九日，在《國民公報》「新文藝」欄以「神飛」爲筆名，陸續發表總題爲〈自言自語〉的散文詩七篇。
十月，作論文《我們現在怎樣做父親》。
十二月一日至二十九日，返紹興遷家，接母親、朱安和三弟建人至北京。
十二月一日，發表小說《一件小事》。

一九二〇年　三十九歲

八月五日，作小說《風波》。
八月十日，譯尼采《察拉圖斯特拉的序言》畢，發表於九月出版的《新潮》第二卷第五期。
本年秋開始兼任北京大學、北京高等師範學校講師。

一九二一年　四十歲

一月，作小說《故鄉》。
二、三月，重校《嵇康集》。

十二月四日，所作小說《阿Q正傳》在北京《晨報副刊》開始連載，至次年二月二日載畢。

一九二二年　四十一歲

二月，發表雜文〈估《學衡》〉，再校《稽康集》。

五月，譯成愛羅先珂的童話劇《桃色的雲》，次年由上海商務印書館出版；與周建人、周作人合譯的《現代小說譯叢》，由上海商務印書館出版。

六月，作小說《白光》、《端午節》。

十一月，作歷史小說《不周山》（後改名《補天》）。

十二月，編成小說集《吶喊》，並作〈自序〉，次年由北京新潮社出版。

一九二三年　四十二歲

六月，與周作人合譯的《現代日本小說集》由上海商務印書館出版。

七月，與周作人關係破裂；八月二日租屋另住。

九月十七日開始，在北京世界語專門學校講授中國小說史，至一九二五年三月結束。

十二月，《中國小說史略》上冊由北京新潮社出版。

十二月二十六日，在北京女子師範大學講演，題爲〈娜拉走後怎樣〉。

本年秋季起，除在北大、北師大兼任講師外，又兼任北京女子高等師範學校講師。

一九二四年　四十三歲

一月十七日，在北京師範大學作題爲〈未有天才之前〉的講演。
二月作小說《祝福》、《在酒樓上》、《幸福的家庭》。
三月，作小說《肥皂》。
六月，《中國小說史略》下冊由北京新潮社出版。該書次年九月合成一冊由北京北新書局出版。
七月，應西北大學與陝西教育廳之邀，赴西安講學，講題爲〈中國小說的歷史的變遷〉。
八月十二日返京。
九月開始寫〈秋夜〉等散文詩，後結集爲散文詩集《野草》。
十月，譯畢日本廚川白村的《苦悶的象徵》。本年十二月由北京新潮社出版。
十一月十七日，《語絲》周刊創刊，魯迅爲發起人與主要撰稿人之一。創刊號上刊出魯迅的雜文《論雷峰塔的倒掉》。

一九二五年　四十四歲

從一月十五日起，以〈忽然想到〉爲總題，陸續作雜文十一篇，至六月十八日畢。
二月二十八日，作小說《長明燈》。

三月十八日，作小說《示眾》。

三月二十一日，作散文《戰士與蒼蠅》，對誣蔑孫中山先生的無恥之徒作了猛烈的抨擊。魯迅後來在《集外集拾遺·這是這麼一個意思》中談到這篇散文時說：「所謂戰士者，是指中山先生和民國元年前後殉國而反受奴才們譏笑糟蹋的先烈；蒼蠅則當然是指奴才們。」

五月一日，作小說《高老夫子》。

五月十二日，出席北京女子師範大學學生自治會召開的師生聯席會議，支持學生反對封建家長式統治的正義鬥爭。

八月十四日，被段祺瑞政府教育總長章士釗非法免除教育部僉事職。八月二十二日，魯迅向平政院投交控告章士釗的訴狀。次年一月十七日，魯迅勝訴，原免職之處分撤銷。

十月，作小說《孤獨者》、《傷逝》。

十一月，作小說《弟兄》、《離婚》。

十一月三日，編定一九二四年以前所作之雜文，書名《熱風》，本月由北京北新書局出版。

十二月，所譯日本廚川白村的文藝論集《出了象牙之塔》由北京未名社出版。

十二月二十九日，作論文《論「費厄潑賴」應該緩行》。

十二月三十一日，編定雜文集《華蓋集》，並作〈題記〉，次年六月由北京北新書局出版。

一九二六年　四十五歲

二月二十一日，開始寫作回憶散文《狗‧貓‧鼠》等，後結集爲回憶散文集《朝花夕拾》，一九二八年九月由北京未名社出版。

三月十日，作《孫中山先生逝世後一周年》，頌揚孫中山先生的革命精神。

三月十八日，段祺瑞政府槍殺愛國請願學生的「三一八慘案」發生。爲聲援愛國學生，揭露軍閥政府的暴行，魯迅陸續寫作了《無花的薔薇之二》、《死地》、《紀念劉和珍君》等雜文、散文多篇。因遭北洋軍閥政府通緝，曾被迫離寓至山本醫院、德國醫院等處避難十餘日。

八月一日，編《小說舊聞鈔》，作序言，當月由北京北新書局出版。

八月二十六日，應廈門大學邀請，赴任該校國文系教授兼國學研究院教授，啓程離北京。許廣平同車離京，赴廣州。

八月，小說集《徬徨》由北京北新書局出版。

九月四日，抵廈門大學。

十月十四日，編定雜文集《華蓋集續編》，並作〈小引〉，次年由北京北新書局出版。

十月三十日，編定論文與雜文合集《墳》，並作〈題記〉，次年三月由北京未名社出版。

十二月，因不滿於廈門大學的腐敗，決定接受中山大學的聘請，辭去廈門大學的職務。

十二月三十日，作歷史小說《奔月》。

一九二七年　四十六歲

一月十六日離廈門，十九日到廣州中山大學，出任該校文學系主任兼教務主任。

二月十八日，應邀赴香港講演，講題爲〈無聲的中國〉和〈老調子已經唱完〉，二十日回廣州。

四月八日，在黃埔軍官學校講演，題爲〈革命時代的文學〉。

四月十五日，爲營救被捕的進步學生，參加中山大學系主任會議，無效，於二十九日提出辭職。

四月二十六日，編散文詩集《野草》成，作〈題辭〉。七月，該書由北京北新書局出版。

七月二十三日，應邀在廣州暑期學術講演會上發表題爲〈魏晉風度及文章與藥及酒之關係〉的講演。

八月二十二日至二十四日，編《唐宋傳奇集》成，由北京北新書局在本年十二月及次年二月分上下冊出版。
九月二十七日，偕許廣平乘輪船離廣州，十月三日抵達上海，十月八日開始同居生活。
十二月十七日，《語絲》周刊被奉系軍閥封閉，由北京移至上海繼續出版，魯迅任主編，次年十一月辭去主編職。
十二月二十一日，應邀在上海暨南大學演講，題爲〈文藝與政治的歧途〉。

一九二八年　四十七歲

二月十一日，譯日本板垣鷹穗的《近代美術思潮論》畢，次年由上海北新書局出版。
二月二十三日，作文藝評論《「醉眼」中的朦朧》。
四月三日，譯日本鶴見佑輔隨筆集《思想・山水・人物》畢，次年五月由上海北新書局出版。
六月二十日，與郁達夫合編的《奔流》月刊創刊。
十月，雜文集《而已集》由上海北新書局出版。

一九二九年　四十八歲

二月十四日，譯日本片上伸的論文《現代新興文學的諸問題》畢，並作〈小引〉，本年四月由上海大江書鋪出版。
四月二十二日，譯蘇聯盧那察爾斯基的論文集《藝術論》畢並作〈小引〉，本年六月由上海大江書鋪出版。

四月二十六日，作〈《近代世界短篇小說集》小引〉。該書由魯迅、柔石等編譯，分兩冊，先後於本年四月、九月由上海朝花社出版。

五月十三日，離上海北上探親，十五日抵北平。在北平期間，先後應燕京大學、北京大學第二院、北平大學第二師範學院等院校之邀講演。六月三日啓程南返，五日抵滬。

八月十六日，譯蘇聯盧那察爾斯基的論文集《文藝與批評》畢，本年十月由上海水沫書店出版。

九月二十七日，子海嬰出生。

十二月四日，應上海暨南大學之邀，前往講演，題爲〈離騷與反離騷〉。

一九三〇年　四十九歲

一月一日，《萌芽月刊》創刊，魯迅爲主編人之一。

二月八日，《文藝研究》創刊，魯迅主編，並作〈《文藝研究》例言〉。這個刊物僅出一期。

二月至三月間，先後在中華藝術大學、大夏大學、中國公學分院作演講，共四次，題目分別爲〈繪畫漫論〉、〈美術上的現實主義問題〉、〈象牙塔與蝸牛盧〉和〈美的認識〉。

三月二日，中國左翼作家聯盟（簡稱「左聯」）成立，在成立大會上發表〈對於左翼作家聯盟的意見〉的演講，並被選爲執行委員。
三月十九日，得知被政府通緝的消息，離寓暫避，至四月十九日。
五月八日，譯完蘇聯普列漢諾夫《藝術論》，並爲之作序，本年七月由上海光華書局出版。
八月三十日，譯蘇聯阿・雅各武萊夫小說《十月》成，並作後記，一九三三年二月由上海神州國光社出版。
九月二十五日爲魯迅五十壽辰（虛歲）。文藝界人士十七日舉行慶祝會，魯迅出席。
九月二十七日，編德國版畫家梅斐爾德的《士敏土之圖》畫集成，並爲之作序。次年二月以三閑書屋名義自費印行。
十一月二十五日，修訂《中國小說史略》畢，並作〈題記〉。修訂本次年七月由上海北新書局出版。
十二月二十六日，譯成蘇聯法捷耶夫的小說《毀滅》，次年九月由上海大江書鋪出版，十月以三閑書屋名義再版。

一九三一年　五十歲

一月二十日，因「左聯」五位青年作家被捕而離寓暫避，二十八日回寓。五位青年作家遇難後，魯迅在「左聯」內部刊物上撰文，並爲美國《新群衆》雜誌作〈黑暗中國的文藝界的現狀〉。

四月一日，校閱孫用譯匈牙利裴多菲的長詩〈勇敢的約翰〉畢，並爲之作〈校後記〉。

七月二十日，校閱李蘭譯美國馬克・吐溫的小說《夏娃日記》畢，並於九月二十七日爲之作〈小引〉。

九月二十一日，就「九一八」事變，發表《答文藝新聞社問》，揭露日本帝國主義的侵略野心。

十二月二十七日，作文藝評論《答北斗雜誌社問》。

一九三二年　五十一歲

一月三十日，因「一二八」戰事，寓所受戰火威脅而離寓暫避，三月十九日返寓。

二月三日，與茅盾、郁達夫等共同簽署《上海文化界告全世界書》，抗議日本帝國主義的侵華暴行。

四月二十四日，雜文集《三閑集》編成，並作序，本年九月由上海北新書局出版。

四月二十六日，雜文集《二心集》編成，並作序，本年十月由上海合衆書店出版。

九月，編集與曹靖華等合譯的蘇聯短篇小說兩冊，一冊名《豎琴》，另一冊名《一天的工作》，各作〈前記〉與〈後記〉，二書均於一九三三年由上海良友圖書公司出版。

一九三六年再版時合爲一冊，改名爲《蘇聯作家二十人集》。
十月十日，作文藝評論《論「第三種人」》。
十月二十五日，作文藝評論《爲「連環圖畫」辯護》。
十一月九日，因母病北上探親，十三日抵北平。在北平期間，先後應北京大學第二院、輔仁大學、女子文理學院、北京師範大學與中國大學之邀前往講演，講題分別爲〈幫忙文學與幫閑文學〉、〈今春的兩種感想〉、〈革命文學與遵命文學〉、〈再論「第三種人」〉和〈文力與武力〉。三十日返抵上海。
十二月十四日，作〈《自選集》自序〉。《魯迅自選集》於次年三月由上海天馬書店出版。
十二月十六日，編定《兩地書》（魯迅與許廣平的通信集）並作序，次年四月由上海北新書局以「青光書局」名義出版。
十二月，與柳亞子等聯名發表《中國著作家爲中蘇復交致蘇聯電》。

一九三三年　五十二歲

一月六日，出席中國民權保障同盟臨時執行委員會會議，被推舉爲上海分會執行委員。
二月七、八日，作散文《爲了忘卻的紀念》。
二月十七日，在宋慶齡寓所參加歡迎英國作家蕭伯納的午餐會。

三月二十二日，作〈英譯本《短篇小說選集》自序〉。

五月十三日，與宋慶齡、楊杏佛等赴上海德國領事館，遞交《爲德國法西斯壓迫民權摧殘文化的抗議書》。

五月十六日，作雜文《天上地下》。

六月二十六日，作雜文《華德保粹優劣論》。

六月二十八日，作雜文《華德焚書異同論》。

七月十九日，雜文集《僞自由書》編定，作〈前記〉，三十日作〈後記〉，本年十月由上海北新書局以「青光書局」名義出版。

七月七日，與美國黑人詩人休斯會晤。

八月二十七日，作文藝評論《小品文的危機》。

九月三日，世界反對帝國主義戰爭委員會在上海召開遠東會議，魯迅被推選爲主席團名譽主席，但未能出席會議。

十二月二十五日，爲葛琴的小說集《總退卻》作序。

十二月三十一日，雜文集《南腔北調集》編定，並作〈題記〉，次年三月由上海聯華書局以「同文書局」名義出版。

一九三四年　五十三歲

一月二十日，爲所編蘇聯版畫集《引玉集》作〈後記〉，本年三月以「三閑書屋」名義自費印行。

三月十日，編定雜文集《准風月談》作〈前記〉，十月二十七日作〈後記〉，本年十二月由上海聯華書局以「興中書局」名義出版。

三月二十三日，作《答國際文學社問》。

五月二日，作文藝評論《論「舊形式的採用」》。

六月四日，作雜文《拾來主義》。

七月十八日，編定中國木刻選集《木刻紀程》並作〈小引〉，本年八月由鐵木藝術社印行。

八月一日，作散文《憶劉半農君》。

八月九日，編《譯文》月刊創刊號，任第一至第三期主編，並作〈《譯文》創刊前記〉。

八月十七至二十日，作論文《門外文談》。

八月，作歷史小說《非攻》。

十一月二十一日，爲英文月刊作雜文《中國文壇上的鬼魅》。

十二月二十日，編定《集外集》，作序言。本書次年五月由群眾圖書公司出版。

一九三五年　五十四歲

一月一日至十二日，譯成蘇聯班台萊夫的兒童小說《錶》，本年七月由上海生活書店出版。

二月十五日，著手翻譯俄國果戈里的小說《死魂靈》第一部，十月六日譯畢，本年十一月由上海文化生活出版社出版。

二月二十日，《中國新文學大系・小說二集》編選畢，並為之作序。本年七月由上海良友圖書印刷公司出版。

三月二十八日，作〈田軍作《八月的鄉村》序〉。

四月二十九日，為日本改造社用日文寫《在現代中國的孔夫子》。

六月十日起陸續作以〈題未定草〉為總題的雜文，至十二月十九日止，共八篇。

八月八日，為所譯高爾基《俄羅斯的童話》作〈小引〉，該書十月由上海文化出版社出版。

十一月十四日，作〈蕭紅作《生死場》序〉。

十一月二十九日，作歷史小說《理水》畢。

十二月二日，作文藝評論《雜談小品文》。

十二月，作歷史小說《采薇》、《出關》、《起死》；與前作《補天》、《奔月》、

《鑄劍》、《理水》、《非攻》一起彙編成《故事新編》，本月二十六日作序，次年一月由上海文化生活出版社出版。

十二月三十日，作《且介亭雜文》序及附記，十二月三十一日，作《且介亭雜文二集》序及後記；本月還曾著手編《集外集拾遺》，因病中止。

一九三六年　五十五歲

一月二十八日，《凱綏・珂勒惠支版畫選集》編定，並作〈序目〉，本年五月自費以三閑書屋名義印行。

二月二十三日，爲日本改造社用日文寫《我要騙人》。

三月二日，肺病轉重，量體重，僅三十七公斤。

三月下旬，扶病作〈《海上述林》上卷序言〉，四月底，作〈《海上迷林》下卷序言〉。

該書署「諸夏懷霜社教印」，上卷於本年五月出版，下卷於本年十月出版。

四月十六日，作雜文《三月的租界》。

六月九日，作《答托洛斯基派的信》。

八月三日至五日，作《答徐懋庸並關於抗日統一戰線問題》。

九月五日，作散文《死》。

十月八日，往青年會參觀第二次全國木刻流動展覽會，並與青年木刻藝術家座談。

十月九日，作散文《關於太炎先生二三事》。

十月十七日，執筆寫作一生中最後的一篇作品《因太炎先生而想起的二三事》，未完篇輟筆。

十月十九日晨三時半，病勢劇變，延至五時二十五分病逝於上海。

魯迅作品精選：4
野草【經典新版】

作者：魯迅
發行人：陳曉林
出版所：風雲時代出版股份有限公司
地址：10576台北市民生東路五段178號7樓之3
電話：(02) 2756-0949
傳真：(02) 2765-3799
執行主編：朱墨菲
美術設計：吳宗潔
業務總監：張瑋鳳

初版三刷：2023年7月
ISBN：978-986-352-532-5

風雲書網：http://www.eastbooks.com.tw
官方部落格：http://eastbooks.pixnet.net/blog
Facebook：http://www.facebook.com/h7560949
E-mail：h7560949@ms15.hinet.net
劃撥帳號：12043291
戶名：風雲時代出版股份有限公司

風雲發行所：33373桃園市龜山區公西村2鄰復興街304巷96號
電話：(03) 318-1378
傳真：(03) 318-1378
法律顧問：永然法律事務所 李永然律師
北辰著作權事務所 蕭雄淋律師

行政院新聞局局版台業字第3595號 營利事業統一編號22759935

定價：220元

國家圖書館出版品預行編目資料

魯迅作品精選：4 野草 經典新版 / 魯迅著. -- 初版. --
臺北市：風雲時代, 2018.02　面；　公分

ISBN 978-986-352-532-5（平裝）

855　　　　106024470